釋迦愛上小黑貓

水果王國的故事

溫小平◎文　蔡嘉驊◎圖

自序◎溫小平

生活中少了水果，我要如何活下去？

臺灣位在亞熱帶，非常適合水果的生長，可以說是個水果王國，我們幾乎每天都跟水果接觸。

但是，我們何曾了解每種水果呢？

如果水果是我們的朋友，我們要如何對待他們？

小時候印象最深刻的水果就是香蕉，因為便宜，媽媽每次都買一大串，吃到後來開始害怕香蕉，甚至空腹吃香蕉，還會胃痛。很多年後，吃到美味的香蕉蛋糕，才重拾香蕉情。尤其最愛的是胖胖短短的芭蕉。

西瓜也是童年常見的水果，西瓜剖開，紅色果肉用杓子挖出來吃，剩下的白色果肉切薄片，加入鹽巴、麻油、辣椒醬涼拌或快炒，是夏天的開胃小菜。另外，西瓜子用鹽巴炒熟，綠西瓜皮曬乾了，也可以醃來吃。若是到海邊游泳，把大西瓜泡在涼涼的海水裡，炎熱的正午，舅舅們一拳頭擊破西瓜，就這樣爭著搶著吃，真是人間仙品啊！

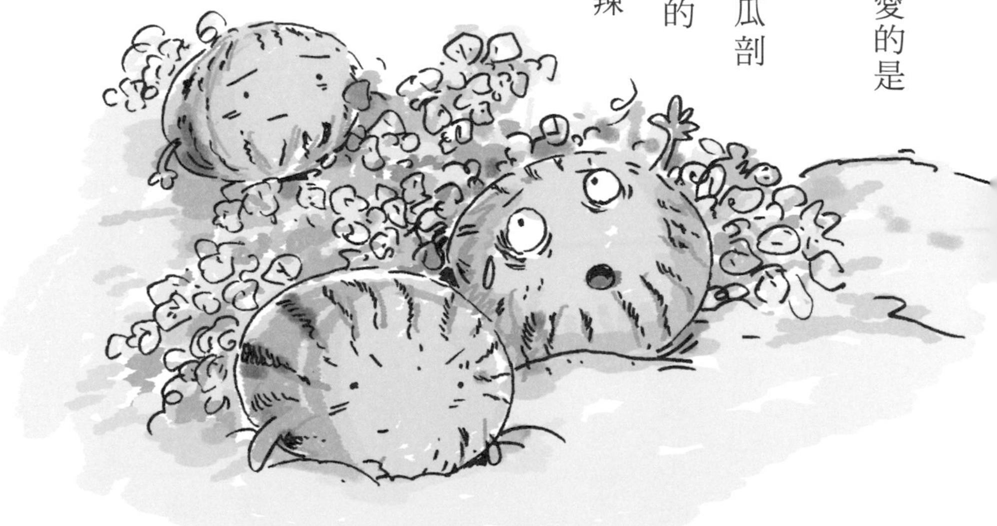

再來就是甘蔗，沒電視、沒手機等娛樂，村子裡的福利社前，就豎著一捆捆甘蔗，黃昏晚餐以後，一群孩子從各家門戶衝出來，搶占好位子，欣賞大人們舉行劈甘蔗比賽。誰能夠一刀劈到底，那根甘蔗就免費送給他。我稀罕的不是免費甘蔗，而是那驚天一刀的功夫啊！

至於番茄，暑假的許多午後，熱得快要中暑，沒冷氣，只有電風扇，遂把冰過的番茄切成小塊，灑上砂糖，嘴裡嘎吱嘎吱響，酸酸甜甜的汁液流過口腔，暑氣頓時減了不少。

外婆家的柚子樹更是我的最愛，每回放暑假，我們就要到外婆家輪流值班看守柚子，免得被鄰居偷了去。直到中秋，舅舅上樹摘下一顆顆碩大的柚子，柚子皮拿來當帽子，也能玩上好一會兒。到了今天，每回看到柚子，就會想起跟我一起長大的舅舅們，好幾位都到了天家，柚子吃起來，似乎也變得特別酸。

到國外旅行時，雖然喜歡日本的梨和蘋果，也喜歡美國一堆進口的奇珍異果，可是，心裡還是會想念臺灣的水果，終於體會出，臺灣真是個水果王國，除了本土水果，還有許多移植來的外來種，被我們改良得美味可口，不同季節可以享用不同的水果，從未間斷過。而這些水果製作的點心、糕餅，更是聲名遠播到了海外，例如鳳梨酥、芒果冰、金桔乾。

我自己呢？閒暇時，也會親手調製各種果醬、水果醋，希望留住水果的美好味道，這樣，一年四季任何時候，我都可以擁有他們的芳香。

於是，當我以日月星辰、山川河海為主角，寫了《地球的朋友們》童話故事，大受歡迎之後，我就想為我的水果朋友寫故事。

我用擬人化的方式，寫出各種水果的心聲，讓我們不但認識水果，也從有趣生動而且感人的故事裡，拉近了我們跟水果的關係。

另外，當我們看到水果們面對生命中的挑戰，也可以學習到我們要如何面對自己的風暴與挫折。

透過一個個水果，我們也跟著一起成長，找到自信，跟這些水果朋友們，更快樂的，一起在水果王國裡生活。

這樣，這本書如果能受到他國的青睞，發行海外版權，就可以讓大家認識臺灣的水果。

這是一本環境保育書。

這是一本關於人與自然的愛戀書。

這是一本自我成長與自我認識的書。

也很適合作為兒童舞臺劇、電視劇的劇本素材，讓我們觀賞多年外國童話改編的戲劇之後，可以看到更本土、更親切的童話故事。

這是我的小小心願，也是我回饋多年來陪伴我的水果朋友的一點心意。

目錄

開場白

水果王國的傳奇故事從此展開……

有一座連綿不斷的山，數千萬年前，曾經火山爆發過，所以土壤十分肥沃，加上陽光、雨水都充分，種植任何水果，都能夠果實碩大，而且果實累累。

同時，山腳底下有一條清澈的河，足以灌溉各種水果。即使偶爾連續數日大雨，其他山脈發生土石流或是地震移山，這座山因為排水良好，花草樹木都不致

受到影響。

各種水果聽說這裡適合居住，紛紛搬遷移居到此，使得水果品種愈來愈多，例如香蕉、鳳梨、蓮霧、橘子、木瓜、芒果……應有盡有，村民吃了喜歡，自給自足之餘，還賣到其他鄉鎮，甚至聲名遠播到了海外。

於是，村民稱呼這座山谷是「水果王國」。

草莓的糊塗心

寒風一陣陣吹，天氣逐漸變冷之後，高山頂只剩下杉樹、柏樹、松樹露出綠意，水果王國的水果們，大都安靜的等待春風送暖，他們就能含苞、授粉，結出美好的果實。

長在平地的草莓，模樣嬌嫩，既怕冷也怕熱，村民為了保護他們，使用塑膠布覆蓋，讓草莓們度過一個溫暖的冬，才能順利平安的長大。

等到春天來臨，一顆顆紅通通的草莓，在綠葉的襯托下，跟著陽光一起快樂舞踴。

甜心的模樣自小就討喜，在草莓群中，活脫脫就是一顆可愛的心，「心型草莓」是草莓家族中求之不可得的寶貝，所以，大家都期望她長大以後，仍然是如此漂亮、甜蜜多汁的「草莓心」。

可是，甜心卻討厭自己的名字，覺得好俗氣，不時跟爸媽抱怨，「幹麼要叫我甜心，好像菜市場名字，到處都聽得到每個人不停的叫。」

身材肥嘟嘟毫無曲線可言的姊姊沒好氣的說她，「你以為我們想叫甜心就可以叫的啊！別那麼不知足了。」

「可是，草莓根本沒有心，還要叫甜心，害我每天都被芒果、桂圓嘲笑，說我們只是變種的花托，好像外星球來的怪物。」甜心委屈的眼淚飆飛著，飛濺到四處。

身材高瘦的哥哥抹掉濺到他身上的淚滴，擺出哥哥的威風教訓甜心，「你不會跟他們說，他們身體裡只有一個果實，我們全身那麼多黑點都是果實，比他們還厲害好多倍。你就那麼沒自信啊！」

不管哥哥姊姊怎麼說，甜心還是不停抱怨，於是，大家在她的名字上面

這到底是草莓的浩劫，還是，草莓的宿命？為什麼大家會歡喜迎接這樣的日子？

她好害怕，抽抽搭搭的哭了，哭聲在山谷裡迴蕩，吵得其他水果無法睡覺。

鳳梨生氣極了，滾過來用身體刺她，「你閉嘴好不好，外來的水果就是不像我們土生土長的，適應力這麼好。讓你們住在這裡已經是天大的面子，再哭，就滾回歐洲、美國去，這裡不歡迎你們。」

西瓜也從河邊沙地派代表過來，請甜心的爸媽管管自己的孩子，「否則我們就派大軍過來壓扁你們，別看我們現在還沒長大，我們可以以量取勝，讓你們全部變成草莓爛泥。」

釋迦的個性比較溫和，他輕描淡寫的跟甜心說：「你乖乖睡覺、乖乖吃飯、乖乖長大，你總有一天會知道，怎麼樣變成快樂的甜心。」

甜心的哭聲小了，她仰望高山，跟山裡的草莓說：「我好想搬去山上，跟你們一起，做一顆孤僻的草莓也沒關係。」

可是，山裡的草莓卻說：「甜心，你知道嗎？我們只能一輩子待在山裡，沒有人認識我們，直到採收後做成果醬，最後融入其他的草莓之中，失去自己。」

甜心糊塗了，她真的不明白自己為什麼要來到世界上？她到底要做一顆什麼樣的草莓？

過兩天，甜心的身體漸漸有了一點紅暈，媽媽開心的說：「我們的小甜心終於可以抬頭挺胸，做一顆成熟可愛的草莓了。」

接近中午時分，陽光暖暖，有對情侶來到草莓園，不知道為了什麼事情，兩人開始起爭執，聲音愈來愈大，女孩氣得轉身不理男孩。

男孩彎下腰來，突然發現葉片下的甜心，驚喜道，「這兒有一顆草莓，就像一顆紅紅的心。」

「我才不相信呢！」女孩跺跺腳，嚇了甜心一跳，好怕自己被踏傷了。

男孩溫柔的說：「我摘下來送給你，代表我的一顆心，好不好？」

女孩轉過頭來，望著嬌小的甜心低垂著頭，連忙說：「不要，你會傷了這顆草莓心，她還太脆弱，讓她留在原來的地方。」

男孩輕握著女孩的手說：「我們的愛情剛剛開始，就像這顆草莓一樣，也很脆弱，很容易受傷，所以要小心呵護，你就不要生氣了吧！」

女孩的眼淚滴下來，落在甜心的身上。原來，即使是看似甜蜜的愛情，也是如此脆弱的。

然後，女孩開心的笑了，跟男孩手牽著手走了。

向來愛抱怨的甜心終於展開笑顏，沒想到，尚未成熟的自己，就可以帶給別人歡笑，只因為她長得像一顆心。

從粉紅甜心長成紅色甜心，她還有許多要學習的事情，但是她知道，她會長成一顆又甜又可愛的甜心草莓。

草莓 小檔案

草莓屬於薔薇科，形狀以圓形或心臟形居多。大多數水果由子房發育而成，我們吃的草莓卻是假果，由花托發育而成，真正的草莓果實是布滿草莓表面的小黑點。

草莓的維他命C含量高，大約是蘋果的十倍。繁殖草莓很容易，大約半年就可以收成，但是它很脆弱，保存不容易，所以有人形容禁不起挫折的人叫做「草莓族」。

因為草莓鮮紅美麗，經常用來作為蛋糕裝飾，草莓派、草莓三明治、草莓優格、草莓冰淇淋都很受歡迎。一粒粒洗乾淨了，擱在冰庫裡，既可以保鮮，也是一顆顆新鮮爽口的草莓冰球。

目前以苗栗縣大湖鄉產量最多，被稱為「草莓王國」。所以每當草莓盛產時，很多人都會去大湖採草莓。

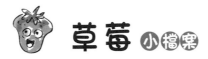

香蕉的冒險行動

水果王國裡，有許多水果都是歷史悠久、獲獎無數，也因為如此，他們彼此間的競爭非常劇烈。香蕉就是其中之一。

可是，綠蕉家卻跟其他香蕉不同，或許是品種的關係，也可能是土質的緣故，即使經常結出成串的香蕉，還不到成熟，就得了黑星病或遭到象鼻蟲侵襲，更慘的就是遇到颱風吹落一地，久而久之，綠蕉爸爸學會自得其樂的方法，不在意結實多少，照樣歡喜過日子。

偏偏香香卻是個叛逆小孩，經常發表自己的意見，爸媽的話不愛言聽計從，喜歡自行其事。他尤其討厭擁擠不堪的家庭，每天起床就發脾氣。

「媽媽，我們為什麼不能搬家？這裡地方好小，我連腳都伸不出去，隔壁小春天天罵我，說我的臭腳丫熏死他了，如果再碰到他的身體，他就要把我的腳剁掉。」

「你生下來就在綠蕉家，這就是你的家，就像你不能選擇你的爸或媽，你也不能選擇你的家。」媽媽每次說的話都是千篇一律。

香香無奈的嘆口氣，乖乖縮回她愈來愈長的腳。

到了夜裡，香香睡得正熟，夢見她跟小玉西瓜一起跳到河裡游泳，卻被大哥的磨牙聲吵醒了；好不容易要睡著，大姊卻開始說夢話；她翻了一個身，摀住耳朵，弟弟的手肘卻頂到她的下巴；她剛剛扳開弟弟的手，胖妹的大胖手卻纏上她的脖子，讓她幾乎無法呼吸。

香香顧不得天還沒有亮，氣得大叫，「我快要發瘋了，我要離開這個家，我受不了你們了。」

輪不到綠蕉爸媽訓斥她，四周的香蕉樹，包括芭蕉、北蕉、寶島蕉的長輩們，紛紛發出低沉的斥責聲「哼哼哼——」，嚇得香香趕緊閉上嘴巴。可是，想要離家出走的念頭卻悄悄在香香心中醞釀。

只要有機會，香香就會跟四處飄遊的雲啊風的，還有蝴蝶、蜜蜂們，打聽外面世界的情況，她愈發肯定，水果王國那麼大，一定有她容身之處。

一天夜裡，沒有星星和月亮，天空異常黑暗，綠蕉全家為了對抗象鼻蟲，累了一整天，全都睡得很沉，香香知道機會來了，躡手躡足的離開家，來到離她家最近的釋迦園。

她早就計畫好了，釋迦剛剛搬來，爸媽跟他們都不熟，絕對猜不到她會躲到他們家，而她曾經聽蝴蝶說過，釋迦的心腸最軟，她只要編一個故事，他一定樂於收留她。

當香香仰望碩大的釋迦，獨自掛在枝頭，周圍卻很開闊，呼吸起來的空氣都有不同的香味，她想，這應該很適合作為她的新家，於是開心的跟他招手說：「小迦哥哥，我沒有家了，你可不可以收留我？我會做你的好朋友，每天陪你說笑話。」

釋迦點點頭，「好的，反正我很孤單。」

香香望著釋迦深綠色的皮膚，跟綠色的她很像一國的，尤其他的身體高低起伏好像許多小山丘聚在一起，看起來就很有趣，忍不住在釋迦身上翻滾起來，玩得不亦樂乎。

釋迦不耐煩的推開她，「你快下來，我不是你的玩具。」

「那我說故事給你聽好了。」香香為了討好他，絞盡腦汁讓他樂於有她的陪伴。

「我家有十五個兄弟姊妹，大哥會磨牙、二哥愛咬手指、三哥不愛洗澡、四哥唱歌像烏鴉……」她說不到一半，釋迦就搖搖頭制止她，「你不要說了，好吵，我喜歡安靜。你還是走吧！」

香香只好悻悻然離開釋迦園。一時的挫折是無法擊敗香香的，她想到夢境裡出現的小玉西瓜，天氣漸漸熱了，如果真的可以跟她到河裡玩水，一定很開心。

於是，天亮以後，她走了好大一段路來到西瓜園，不由眼睛一亮，西瓜跟釋迦不同，他們的家貼著地面，隨時可以四處走動，彷彿整個果園都是他們的天地。香香覺得這應該很適合喜愛到處玩耍冒險的她，興奮的跟小玉打招呼。

「小玉姊姊，我可以跟你做朋友嗎？」

小玉西瓜正在做日光浴，眼睛半睜半閉的問，「你是誰啊？長得這麼奇怪。」

「我家在水果山的另一邊，我叫香香，我正在進行一項冒險行動。」香香不敢說出自己離家出走的事實。

「喔！你是要繳作業報告嗎？現在的小孩好辛苦，寫不完的功課，你就隨意找地方休息吧！」

香香好高興小玉西瓜接納了她，黃昏時，她陪著小玉西瓜到河邊洗澡，小玉西瓜累了，她自告奮勇說：「你可以靠著我休息，我的彎度正好做你的靠墊。」

小玉西瓜靠著香香，搖啊搖的覺得很舒服，當天漸漸暗了，小玉西瓜催促香香說：「你該回家了，這麼晚了，你爸媽會擔心你的。」

「我不想回我的家，我住在你家好不好？我可以天天當你的搖椅，你不要趕我走嘛！」香香幾乎哭出聲來。

「不行！」小玉西瓜斬釘截鐵說：「你們香蕉家族勢力龐大，既資深、得獎又最多，誰得罪得起？你們的月牙飛鏢遠近馳名，我可不想中鏢。我已經請金龜子去通知你爸爸了！」

香香一聽還得了，如果暴露她的行蹤，她的冒險行動勢必終止，她連忙起身說：「謝謝小玉姊姊的關心，那我走了。」

香香垂頭喪氣的邊走邊嘆氣，原以為找到了落腳處，沒想到歡樂是如此短暫，無計可施之下，她只好去找榴槤，因為麻雀曾經告訴她，榴槤暗暗喜歡她很久了，榴槤一定會保護她。

果然，榴槤見到香香，喜不自勝的給她一個大擁抱，刺得香香渾身隱隱作痛，不由「哎喲！」喊出聲來。

「對不起，對不起，我實在太高興了，忘記自己身上許多刺，有沒有傷到你？」榴槤體貼的問香香，擔心嚇跑了她。

「沒關係，我們只要保持一點距離，就沒有關係了。」香香摸摸自己的皮膚，還好沒有破皮。她早就聽說榴槤的刺又多又硬，可是，麻雀告訴她，「榴槤既然喜歡你，他會為你收起身上的刺。」看情形，這是不太可能的了。

夜裡，突然起了大風，一陣又一陣，風聲淒厲得比香香大哥的磨牙聲更恐怖，她靠近榴槤想要躲避風，不小心卻又被刺痛了，想起胖妹溫暖的膀臂，她有一絲絲後悔，好像還是自己的家比較安全。

一晚沒有睡好，香香面容憔悴，榴槤不停問她，「你想喝露水，還是泉水，我可以為你預備？」

香香卻搖搖頭說：「我……我想回家。」

不過幾天工夫，香香覺得疲累不堪，打量自己的身軀，因為水土不服，冒出黃色斑點，莫非是她生病了？她如此狼狽，爸媽會不會不要她了？因為家裡那麼多小孩，不差她一個。

可是，她還是忍不住朝著自己的家走回去。接近家園時，香香遠遠望去，爸爸的葉片掉落了，媽媽也瘦了不少，她躲躲藏藏的隱身小春家後面，

卻被眼尖的大哥看到，連忙呼喚她，「香兒、香兒，是你嗎？」

四哥也啞著嗓子呼喊，「香香，你是不是生病了？怎麼皮膚顏色怪怪的。」

媽媽衝過來，不在乎香香身上的髒汙，緊緊抱著她，「回來就好，回來就好，趕快去洗個澡，媽媽幫你預備你最愛的『玉露清泉』。」

這個懷抱是香香熟悉的，給她溫暖，卻不會刺傷她，她再也不要離開了。原來，自從香香離家之後，爸媽不但請求香蕉偵察機出動尋找，全家更是不分晝夜輪班注意周遭的動靜，深怕錯過香香的身影。

當她洗完澡，又是渾身香噴噴時，爸爸喜極而泣，「你們看，香香變色了，很快的，兄弟姊妹們的綠色也會轉換成黃色了。」

因為香香的出走，全家的感情更加凝聚，也因為香香經歷的風霜雨露，刺激她的成長，即將從綠蕉變為金黃蕉了。

香蕉小檔案

香蕉幾乎含有所有的維生素和礦物質，通便效果也不錯。來不及吃早餐時，可以吃一根香蕉。香蕉可以用來製作香蕉蛋糕、香蕉奶昔、香蕉牛奶、香蕉鬆餅。因為香氣特殊，所以被稱為「香蕉」。

據說香蕉最早在五千多年前於巴布亞新幾內亞被發現。由於香蕉在樹上完全成熟時，果皮易裂，不利於搬運及貯藏。所以，大多於七至八分熟，果皮還是青綠色時，就要開始採收，等待果皮變黃才能吃。

香蕉是世界四大水果的第四名。印度則是生產最多香蕉的國家。臺灣香蕉品質好，美名揚海外，外銷量很大，曾經有「香蕉王國」美譽。近幾年因為競爭激烈，以及關稅問題，外銷的情況大幅下滑。

釋迦愛上小黑貓

釋迦的祖先來自熱帶美洲，自從移居水果王國之後，漸漸適應這兒的氣候，他們決定就此定居下來。

只是，由於長相特殊，加上個性古怪，又要陽光，又喜歡乾燥的地方，跟其他缺水就不行的水果格格不入，整天吵鬧不休，不但自己生長發育欠佳，連帶影響其他水果家族。

水果王國的臣子們一致通過要他們搬遷到一塊無人問津的砂石地，釋迦只好自求多福，等待東山再起。

釋迦媽媽說：「一定是我們的名字取壞了，釋迦好像一個人的頭，誰要吃別人的頭啊？」

爸爸無奈嘆息道：「不叫釋迦，我們還有另一個名字，「番荔枝」，很好聽吧！」

媽媽搖頭說：「不不不，幹麼要叫番荔枝，番茄、番石榴……他們將外來種都加上『番』字，好像我們是野蠻民族。大家都是從四面八方搬來的，為什麼要分誰是原住水果誰是番水果。」

磊磊就是在這種狀況之下出生的。媽媽覺得他好像小石子一個個落起來，堅持給他取名「磊磊」，希望可以擺脫過去的形象。

問題是，雖然取了好聽的名字，磊磊的模樣並未變得更可愛或更俊俏，加上他天生過敏體質，對什麼食物都挑剔，他也不喜歡運動，更討厭陽光，不停跟媽媽抱怨，「好刺眼喔！我的眼睛都張不開。」不像其他弟兄姊妹，跟陽光玩親親遊戲、跟路過的風兒捉迷藏，身上的小包一粒粒凸起又飽滿，好像背著綠色彈囊準備上戰場的鬥士，要為釋迦家族報仇雪恨。

這天，當大夥都出去日光浴時，只有磊磊躲在家裡睡大覺，突然傳來一陣陣「喵嗚」的聲音，吵得他無法入睡，很不耐煩的問，「是誰？好吵好吵。」

他的腳下閃出一隻黑色的小貓，毛色黯淡、眼神恍惚，幾乎站不住腳，他彷彿使出最大力量回答說：「我叫小黑，我好餓……」就昏了過去。

磊磊看著小黑的肚皮扁扁的，應該餓了好幾頓，他的爸媽呢？他無法從一隻昏倒的貓咪嘴裡問出什麼來，只好勉強鑽出樹叢，想辦法找到一些水和小蟲給小黑吃，小黑才慢慢醒過來。

「我媽媽死了，我要找媽媽，我要找媽媽。」小黑不停啜泣。

磊磊擔心爸媽發現小黑的存在，會逼他趕走小黑，只好悄悄把小黑藏在一個洞穴裡，每天找時間溜出去照顧他，他完全不知道貓咪的喜好，只是盡力覓食，小黑也很配合，有什麼吃什麼。

因為有事可做，說也奇怪，磊磊不再賴床，反而精神抖擻，每天跑出跑進。

媽媽覺得很奇怪，問他，「你每天跑到哪兒去了？弄得髒兮兮的。不要那麼貪玩，我們如果還是無法在水果王國出人頭地，就會一輩子抬不起頭，永遠住在窮鄉僻壤。」

爸爸卻開口了，「你不用擔心，大伯已經拜託他的朋友，幫我們進行一場美容蒸氣浴，我們的傷口、疤痕都會消失，每個釋迦都會變得很漂亮，絕對讓大家刮目相看。」

每家釋迦爸媽都嚴格管制自己的孩子，乖乖待在家裡，哪兒都不准去，又怕被其他水果發現他們的「祕密武器」，天黑以後才開始進行美容浴。

為了釋迦的榮辱與未來，雖然蒸氣浴帶給大家極大的不適，都努力忍耐著。可是，對過敏體質的磊磊來說，簡直就是酷刑，他不停咳嗽，不停流眼淚、流鼻涕，爸爸只好讓他站到角落去，「你這個孩子，什麼都無法忍耐，怎麼成大器呢？」

這時候，陰暗中傳來小黑跟他之間的暗號，「喵……咪咪」、「喵……咪咪咪」，難道是小黑遇到什麼危險了？

反正周遭一片黑暗，所有的釋迦都閉著眼睛接受蒸氣浴，磊磊連忙朝著小黑的聲音方向跑過去，小黑不由分說，拉著磊磊就跑，因為跑得太快，還摔了幾跤，皮都破了。

「慢一點，小黑，出了什麼事？」磊磊喘著氣、忍著痛邊咳邊問。

「噓——」小黑沒有說話，繼續死命拉著磊磊跑到上坡處，這兒，嗅不到蒸氣浴的任何味道，磊磊終於可以正常呼吸，吸到清新的空氣。

小黑這才告訴他真相，「你知道嗎？剛才的蒸氣浴有毒。」

「有毒？怎麼可能？我爸我媽怎麼可能想要毒死我們？」磊磊不相信。

「真的，我媽媽當初就是吃了有毒的水果死掉的，那個味道我永遠忘不掉，媽媽臨死前告訴我，那是農藥，肚子再餓，千萬不要吃有農藥的水果。」

磊磊聽說過關於農藥的故事，蓮霧家族曾經因為接觸農藥，所以被趕出水果王國。爸爸怎麼可能冒著這個風險？可是，剛剛他嗅到那個味道，的確覺得很不舒服。

「謝謝你救了我，可是，我爸我媽我家……，我要去警告他們，我不能眼睜睜看著他們死掉。」磊磊哭了起來。

「他們應該不會死掉，只是可能害別人生病，如果被發現就慘了。」

果然，當負責人員來驗收時，看到每個釋迦既飽滿又閃著綠色光澤，不禁滿意的點頭說：「打入冷宮的確是個好方法，可以激勵你們奮發向上。只不過，怎麼有一個釋迦身上都是黑點，這會破壞你們整體的分數。」

他拿起磊磊，媽媽不由驚叫出聲，來不及制止，磊磊瞬間就被丟入附近田裡，摔得鼻青臉腫，早就守在一旁的小黑趕緊抱住他。

磊磊含著眼淚跟大家揮手告別，決定跟小黑去流浪。

也不過兩天工夫，他就聽到釋迦家族的噩耗，因為他們集體都被驗出含有極高的農藥，所以全部都被打回票了。為了避免汙染水果王國，整批都被銷燬了。他們居住過的山坡地，也成為禁地。

這回，磊磊變成孤兒了，他哭得好傷心，小黑靠著他坐著，不曉得要如何安慰他？

天漸漸黑了，然後，又漸漸亮了，隨著太陽升起，磊磊似乎有了新的希望，他牽著小黑的手說：「走，我們去建立屬於我們的新家園，我要做一個與眾不同的釋迦，不管我叫什麼名字，我要讓大家永遠記得我們。」

不久以後，只要來到水果王國的人，都會看到草原的小山坡上有一棵小小的釋迦樹迎風搖曳，他的腳邊坐著一隻身體壯碩的大黑貓，你唱我和的哼著一首家鄉的歌。

釋迦小檔案

釋迦成熟時很像荔枝，又是四百年前荷蘭人引進臺灣的，所以稱為「番荔枝」。同時，又因長得很像釋迦牟尼的頭，又稱為「釋迦」。目前以臺灣生產最多，而在臺灣又以臺東種植最多，可分為原生釋迦、鳳梨釋迦。釋迦怕冷，氣溫過低會造成果實裂開。

釋迦含有大量的蛋白質、碳水化合物及維生素C、鉀、鈣、鎂、磷等，營養價值相當高。因為熱量極高，可以補充體力，還可以養顏美容、強健骨骼、增強免疫力等。

外國觀光客到臺東旅遊，喜歡購買以釋迦幼果做的飾品，結果導致許多釋迦園的幼果來不及長大，就被偷了，果農損失慘重。我們千萬不要去買這些飾品喔！

蓮霧王的寂寞

水果王國的水果，為了博得美好名聲，不斷參加各種比賽，希望全世界的人都知道水果王國的水果世界第一。

蓮霧的名氣最近扶搖直上，因此蓮霧爸媽們更加用心培育他們的下一代，鼓勵孩子們從小懂得吃苦耐勞，「你們知道嗎？祖先們剛開始住在海邊的砂質地，樹根無法伸到地裡，所以遇到颱風很容易被吹倒，生長得也慢。可是，他們不怕苦，熬過一次次颱風，很努力的吸取土裡的水分和養分，開花、結果，才有了你們。」

這些床邊故事，蓮霧寶寶們聽了無數遍，問題寶寶小海忍不住問，「為什麼要在我們頭上蓋著黑黑的網呢？我都無法呼吸，也看不到陽光。」

小海媽媽說：「那是因為不要太早開花，你們結的果子才能又紅又大又甜。」

左鄰的小粉覺得很納悶，「為什麼要變得很紅呢？像奶奶那樣，淡淡的粉紅色，不是也很好看嗎？」

小粉爸爸說：「越紅越大才能當上蓮霧王，為祖先爭光。」

小海又問，「為什麼要當蓮霧王呢？」

蓮霧爸媽們不想再跟他們玩問答遊戲，只丟下一句，「你們長大就知道了。」

帶著一肚子的疑問，蓮霧寶寶們終於熬到炎熱的夏天，當他們已經習慣黑壓壓的環境時，突然眼前一片光亮，刺得他們的眼睛幾乎張不開，只聽到小海媽媽說：「快！快！小海，趕快吸收養分啊！你才能開出許多的花。」

睡了幾十天的覺，養精蓄銳就等揭開黑網的這一天來到，蓮霧寶寶們，在各自的爸媽一聲令下，努力的從枝幹中吸收爸媽傳遞的養分。

小滿皺起眉頭來，「好奇怪的味道喔！好噁心。」

小滿爸爸嚴厲的制止他，「不要抱怨，我被剃頭、剝皮，都沒有吭過一聲，你想要熬出頭，什麼苦都要吃。」

小海吸了幾口卻說：「這跟之前的味道不一樣，可是，我覺得很香呢！」

「對啊！還是我們家小海識貨，」小海媽媽驕傲得抬起頭，「這是果農伯伯特別調製的，包含魚漿、糖蜜、牛奶、雞蛋，就是希望你們長得又紅又大，而且又甜又香。」

不過幾天工夫，蓮霧寶寶開出許多花朵，尤其是小光，他對太陽情有獨鍾，拚命轉動身軀，希望可以晒出健康的膚色。沒想到，因為太熱了，她的花朵一朵朵凋謝，來不及結果，就變得光禿禿的。

小光媽媽哭得好傷心，爸爸只好安慰她，「沒關係的，我們明年再來，你就休息休息吧！」

小滿卻截然不同，開出許多花來，當他正得意洋洋的說：「你們看，我的花好多喔！我一定會結出許多蓮霧來。」

沒想到，因為擔心花太多，互相擠壓，影響到蓮霧的大小，小滿的花被摘掉好幾朵。

小粉在一旁看了，哀哀叫著，「我怕痛，不要摘掉我的花。」

小粉爸爸警告她，「你不要亂叫，專心等著結果。」

小海卻大聲抗議，「結再多果有什麼用，甜柿告訴我說，一枝只能留下一粒果，乾脆把我的花都摘光算了。」

「不懂就不要胡說八道，」小海媽媽快被他氣昏了，「我們會幫你留下幾個兄弟姊妹，讓你們一起合作，努力吸收營養，這樣才有機會打敗其他蓮霧，成為蓮霧王。」

蓮霧寶寶好不容易長成拇指大小，互相打量左右鄰舍的長相，彼此嬉笑著歡度童年時光。誰知道，快樂時光總是十分短暫，清早起來，小海正想跟玩伴分享晚上做的夢，小海竟然被套上紙袋，眼前霎時一片黑暗，他拚命掙扎，只聽到耳邊同伴的哭聲此起彼落，小海大叫，「是誰要綁架我？不要把我關起來啦！」

小粉也說：「哥哥都會亂放屁啦！我不要跟他關在一起，好臭好臭。」

可是，不管他們怎麼哭喊，紙袋罩住了他們的天空，隔絕了他們對陽光的想念。

爸媽只好說黑珍珠、黑鑽石、黑金剛的故事給他們聽，「很久很久以前，我們蓮霧都長得又瘦又小，既不甜，水分也少，顏色也不紅潤，根本沒人瞧得起我們。要不是果農伯伯幫忙，想盡辦法讓我們吃好吃的，又用紙袋保護我們，不讓小鳥、蟲子欺負我們，我們才會一年比一年長得好。只要你們乖乖長大，爸媽保證帶你們環遊世界。」

既然爸媽這麼說，大多數小蓮霧都不再吵鬧，每天乖乖吃飯，風大的時候，就聚在一起取暖。只有小粉，經常跟哥哥吵架，找機會把頭伸出紙袋，結果，一隻路過的小鳥，眼尖的啄了小粉一口，立刻讚不絕口，「好好吃喔！好多水好甜喔！」

小鳥這麼大聲嚷嚷，其他的小鳥也擠過來爭相搶食，結果小粉被啄得傷

怎麼不保護小海啊？」

小海低下頭來，仔細打量身邊的弟妹們，全都完好無缺，他鬆了一口氣，露出笑容。

隔壁的小滿關心的問他，「小海，你還好嗎？小海，你怎麼受傷了？都是我不好，我不該咒詛你。」

「沒關係，我挺得住。」雖然他失去了競爭蓮霧王的資格，可是，他卻找回失去已久的快樂。

蓮霧小檔案

蓮霧原產於馬來半島，是主要生長於熱帶的水果。臺灣的蓮霧是十七世紀由荷蘭人引進，屏東縣是最有名的產地。

清朝康熙皇帝到臺灣遊玩時，驚為天果，稱蓮霧為「香果」。另外，它又稱為鈴鐺果、蠟蘋果。蓮霧樹長得高大而茂密，熱帶地區的人們常在樹下乘涼。

在臺灣，深紅色蓮霧種植最久，淺紅色蓮霧種植最多。經過改良的品種包括果實小的黑珍珠蓮霧，最為出名，大量外銷。另外還有果實特大的黑鑽石蓮霧和黑金剛蓮霧，以及自泰國引進的子彈蓮霧等。

每一百公克的蓮霧僅有三十四大卡熱量，水分含量又高，既可滿足口腹之欲，又不必擔心體重會增加，因而成為最受歡迎的減肥水果之一。

鳳梨的特訓班

不同時代帶來不同潮流，水果王國也受到「基因改造」風潮的影響。外來水果因為基因改變，個個又大又甜，又懂得行銷手法，知名度節節升高，強占水果王國的許多山頭，本土水果被打得抬不起頭。

尤其是鳳梨，因為鳳梨酥外銷市場大大拓展，讓他們昂首闊步好一陣子，連走路都有風。可是，好景不常，鳳梨們自相殘殺，蘋果鳳梨破壞牛奶鳳梨的名譽，金鑽鳳梨以低價手段掠奪香水鳳梨的市場，本土鳳梨更是躲到角落裡悶不吭聲，結果，整座鳳梨園變得乏人問津。

眼見大勢不妙，與其自暴自棄，不如重頭來過。於是，鳳梨的前輩們，積極籌設「特訓班」，挑選資質高的鳳梨寶寶，建立他們的自信，加強他們

的免疫力，提高他們的應變力，希望可以重振鳳梨的昔日威風。

這麼一來，獲選的鳳梨寶寶都得參加特訓班，除了在家裡修心養性，就是在祕密基地受訓，非但娛樂時間減少，更不准在山野逗留，各個愁眉苦臉、怨聲載道。

尤其是小鳳，她恨死特訓課，跟爸爸抱怨說：「爸爸，你不是說每顆鳳梨都是獨一無二的生命，我們上這種奇怪的課，不是要把大家變得都一樣？」

「這也是不得已的啊！你們這一代再不努力，鳳梨們以後連住的地方都沒有了，能夠獲選已經不容易，你要珍惜這樣的機會。」爸爸嘆口氣。

媽媽也說：「授課老師都是從各地徵選來的，曾經有過輝煌的比賽記錄，甚至送到海外受過特訓，你去上課看看，說不定很有趣喔！」

小鳳只好心不甘情不願的搭上特訓列車，來到祕密基地。

他們的導師阿妙個頭嬌小，大家覺得不可思議，她自己都長得不起眼了，還能傳授什麼高超武藝？

他們的七嘴八舌尚未結束，阿妙導師已經率先跳到石頭上，跟他們說：「第一堂課，我們先自我介紹，看看你們有些什麼本事？我先開始，我是妙不可言的阿妙鳳梨，我的甜度是世界第一妙，我的香氣是世界第一妙，沒有一顆鳳梨比我更妙。」

大家一聽嚇呆了，原來阿妙導師擁有這麼多的世界第一，他們太小看她了。

輪到他們自我介紹，只會結結巴巴說：「我叫小梨，鳳梨的梨……」，或是毫無創意的說：「我爸媽希望我很香，所以我叫小香……」，大家的介紹都是大同小異，既稀鬆平常，也顯不出他們的與眾不同。

小鳳膽子比較大，她舉手說：「老師，我只知道我的頭很像鳳凰，所以叫做小鳳。我們還很小，當然不像老師這麼棒。」

「可是，你們還是可以用很普通的名字發揮創意啊！」阿妙導師說：「例如：我是走路外八的小鳳，每天早晨八點鐘可以聽到我唱歌。或是，雖然小香的名字很平常，我卻希望自己發出舉世無雙的香味。你們回家多想想，即使是簡單的自我介紹，也可以凸顯出你們的不平凡。」

本來小鳳覺得這些課一定很無聊，沒想到，她第一天就被難倒了，這下子激起她的好勝之心，她一定要讓阿妙導師刮目相看。

接著是「自我建設」的課，培養大家的自信心，這些都不難，困難的是，這堂課阿妙導師要大家「說說自己的長處」。

小梨說：「這個簡單，我先說。」他就怕慢了一步，答案被大家搶先說了，「我可以做成鳳梨酥。」

「算了，鳳梨酥現在很多都是冒牌貨，根本是地瓜酥。」同學們立刻推翻他的答案。

「我可以做成喜餅。」小香說。

導師搖搖頭，「除了做餅做酥做麵包，就沒有其他特長了嗎？」

大家七嘴八舌說，可以做醋、啤酒，還有酵素。

「這些都是吃的，可不可以跳脫其他的想法？」阿妙導師建議他們擴大思維。

小新想了想說：「別人說我們是旺來，我們可以帶給別人吉利。」

「幹麼帶給別人吉利，他們自己不用功，家裡放一堆鳳梨也沒有用。」

小梨頗不以為然。

阿妙導師提醒說，必須大家都發表自己的看法，否則不能下課回家，小鳳終於鼓起勇氣說：「我……我可以當躲避球，嚇死對手。」

小香撇撇嘴，「你嚇死對手，你自己的隊員也不敢接手啊！他們會被你刺得流血死掉。」

「哈哈哈！」大家笑成一團，但是，至少可以下課了。

最後一堂課到底是什麼主題呢？要問大家如何打敗其他水果嗎？結果，出乎大家意料之外，阿妙導師問大家，「你們有什麼對付不了的缺點？例如老師我個子不起眼，讓我很自卑。」

說優點長處，大家都吞吞吐吐，只會抓頭，想不出什麼驚人答案。可是，說起缺點，說到太陽下山都說不完，什麼「不夠香又沒有甜味」，「經常流汗渾身都是汗臭」，或是「皮又厚又刺，卻沒有什麼肉」，「皮膚凸起一個個的包，不像西瓜那麼平滑」……，小鳳則說：「我的頭大身體小，走路常常會摔跤。」

吐了一堆苦水，這下可以放學了吧！未料，阿妙導師卻說：「今天的主

題是，怎麼樣把你們的缺點變成優點？就好像你們的鄰居榴槤，他長得又臭又刺又硬，卻有人說他是果王，覺得他臭得好香。」

這下子難倒大家了，面面相覷，說不出話來，即使是多嘴多舌的小鳳，也啞口無言，悄悄說：「總不能把我的頭鋸掉吧！」

阿妙導師拋下一句很有哲理的話，「生來是水果就一定是水果嗎？你們回家好好想想，不可以問爸媽，必須自己想出來，而且實際可行的方法，這樣你們就可以從特訓班結業了。」

小鳳想得頭都痛了，還是想不出來，正要出門散步，轉換心情，爸爸卻阻止她，「最近鳳梨減產缺貨，附近出現一些歹徒，專門抓落單的鳳梨，你要小心。」

小鳳只好趴在床頭翻攪腦袋，希望碰撞出好點子，不知不覺睡著了。就在鳳梨園一片靜悄悄時，潛入一批歹徒，他們關掉所有的燈光，打算摸黑偷鳳梨。

小鳳睡得脖子痠痛，從床頭摔下來，突然驚醒過來，就聽到附近走動的聲音，還有奇怪的交談，直覺有歹徒闖入，情急之下，只好大叫，「強盜來了！小偷來了！」

可是，因為周遭一片黑暗，連月亮也不見了，半夜驚醒的鳳梨們撞得七暈八素、頭昏眼花，不等敵人抓走，鳳梨們就已經死傷慘重了。

怎麼辦？怎麼辦？

喜歡在野地裡遊蕩的小鳳猛然想起自己大大的鳳頭，變成躲避球的點子，立刻飛身跳起，憑著往日對地形的記憶，撞向這些比他們高大的小偷，命中率還挺高的，好幾個小偷都被敲中腦袋，痛得哇哇叫，小偷們搞不清楚來者是誰，只好大嚷，「有埋伏、有埋伏，快快撤退。」

幸好小鳳的警覺，鳳梨園的損失不大。

當小鳳來到特訓班時，阿妙導師已經聽說她夜退強敵的故事，對全體同學說：「這就是我要提醒你們的，當你們的缺點變成你們的優點時，也就是鳳梨的出頭天。老師已經沒有什麼可以教給你們了，你們可以結業了，加油吧！」

小鳳和同學們彼此熱烈擁抱，祝賀大家結訓。小鳳望向山谷間的夕陽餘暉染紅了天空，跟晨曦是迥然不同的面貌，她終於明白，生命的有趣，就在於他的千變萬化。

鳳梨小檔案

鳳梨又稱「菠蘿」，而菠蘿麵包只是長得像菠蘿，並未含有菠蘿。閩南語發音為「旺來」，所以把它當作吉祥果。鳳梨原產於亞馬遜河流域一帶，如今已在熱帶地區廣泛種植。天然的鳳梨靠蜂鳥傳粉喔！很特別吧。

鳳梨是眾多水果中，少數可生吃也可熟食的，例如：糖醋排骨就會加入鳳梨添加酸味喔！排骨湯加入鳳梨，也可增加鮮美。鳳梨不像一般水果含有豐富的維他命C，而是含豐富的維他命B1，可消除疲勞、增進食欲。另外，它還有「鳳梨酵素」，可加強代謝功能。但鳳梨空腹吃，容易傷胃，不宜多吃。

比較著名的品種有金鑽鳳梨、牛奶鳳梨、蜜鳳梨、香水鳳梨。近幾年，鳳梨酥一躍為臺灣最受歡迎的伴手禮，賺取不少外匯。由於大家特別懷念土鳳梨的清香，有些鳳梨酥特別強調是用土鳳梨製作的。

木瓜的內在美

全球都在流行美容、微整形、護膚……，水果王國也開始重視外在美，水果美容店也一間間的開，水果凍傷、被鳥啄傷、蟲子咬傷、風刮傷……，都會讓外貌打了折扣，行情就會變差，只好到美容店保養、重整、修復，不惜花大錢穿上華麗衣裳，提高身價。

可惜這種風潮流行不了多久，許多美麗的水果紛紛遭到退貨，因為他們是金玉其外、敗絮其中，看似外表沒有瑕疵，卻個個弱不禁風，還沒有抵達目的地，就紛紛病倒。

漸漸的，大家明白只重視包裝的水果，禁不起考驗。為了鼓勵水果們不再迷戀各項美容術，水果王國特別舉辦「水果之星」選拔賽，希望選出內外皆美的水果。

各種水果都迫不及待趕去報名，就怕自己外表亮麗，內在卻不充實，被大家嘲笑虛有其表。有些水果甚至先舉辦內部選拔，再推派代表參加，希望一舉拿下冠軍。

榴槤和鳳梨家族的景況很慘，因為他們的外表刺人，第一關就過不了。草莓、釋迦、水蜜桃則太脆弱，稍微碰撞就鼻青臉腫，往護理站報到，只好乖乖回家等著比賽結果揭曉。

號稱解毒大師的木瓜家族當然不會缺席，個個摩拳擦掌，深怕錯過如此重要的比賽。

但是木瓜小如完全在狀況外，甚至愁眉苦臉，躲在角落哭泣，小鳳梨關切的問她，「小如，你們家都興高采烈的裝扮自己，你為什麼卻不開心呢？你應該趕快去報名，不像我，長得這麼奇怪，好像被揍了好幾拳，渾身腫了好多包，只好棄權啦！」

小如搖搖頭說：「我覺得自己肚子裡空空的，沒有內涵，我不敢去。」

「拜託，誰不知道你是木瓜家族的小可愛，你還嫌自己不夠漂亮？你到底是驕傲還是自卑？真搞不懂你。」小鳳梨頗不以為然。

小如默默低下頭來，不想再跟小鳳梨說話。這個世界上，誰會了解她的痛苦？她努力念書，乖乖聽話做好孩子，卻還是無法讓自己擁有內在美。

從小，小如就是家中的嬌嬌女，誰見了都愛，爸媽更是把她當作心肝寶貝，嚴格禁止哥哥姊姊欺負她。她也認為自己是全天下獨一無二的木瓜寶，直到有一天，她聽到西瓜媽媽在她身後說：「真可惜，長得這麼好看，以後卻沒有木瓜會娶她。」

小如哭啼啼的跑回家找媽媽問原因，「媽媽，為什麼他們說沒有木瓜會跟我結婚？」

媽媽安慰小如，「你年紀還小，講什麼結不結婚的，你跟爸媽永遠住在一起不好嗎？」

這樣的答案根本無法滿足小如，她四處打聽，也問過包打聽蝴蝶姊姊，蝴蝶姊姊卻頭也不回的飛走了。聰明的小如覺得事有蹊蹺，只好每天問一次媽媽，「為什麼？為什麼？我不能結婚？」

媽媽眼看逃避不了，只好承認，「是媽媽不好，我嫌自己不夠漂亮，而且又開始長皺紋，擔心你爸爸不喜歡我，就服用了推銷員的青春露，沒想到，皺紋一條也沒有少，卻意外生下你，而你是個無子木瓜。」

媽媽當時哭得很傷心，真想帶著小如一起跳河，可是，望著懷裡可愛的小如，竟然對她笑，她才打消了主意。

爸爸在一旁補充說明，「小如，你愈長愈漂亮，個性又溫柔，男生女生都喜歡你，更是我們家的開心寶貝，媽媽慶幸留下了你。你不要擔心，現在流行無子，很多水果都是無子的，這跟內在美一點關係都沒有。」

小如依稀有著模糊印象，小時候媽媽常常把她抱在懷裡說：「這麼可愛的小木瓜，為什麼卻有這麼坎坷的命運？」現在她終於明白原因了。她好生氣媽媽的自私，賠上她終生的幸福。

左鄰右舍證實小如是無子木瓜之後，紛紛勸木瓜媽媽，「小如長得這麼美麗，未來的幸福不需要靠男生給她，她剛好利用這次比賽，打響知名度，發展自己的事業也不錯。」

小如才不願意像鄰居的雙胞胎蓮霧，小小年紀就四處登臺表演，雖然賺了很多錢，錢不但被爸媽拿走，還要不停的表演，可憐的她們，幾乎沒有童年。

其實，小如倒不擔心結婚的問題，只是不懂大家為什麼嘲笑她沒有種子？完全抹煞小如其他的優點。

她受不了媽媽同情的眼神，更受不了小鳳梨說話酸溜溜的嘲笑她，「你幹麼裝可憐？現在流行無子，無子的身價也比較高，你應該慶幸啊！」

她不相信無子水果還會快樂？她決定背起行囊，出門尋找答案，遠離這個到處都在討論「水果之星」選拔的是非之地。

沒想到，她竟然遇見正在日光浴的無子西瓜。她很有禮貌的請教她，「請問西瓜姊姊，你一點不在乎自己沒有種子嗎？」

西瓜姊姊拍拍自己的肚子說：「我雖然沒有黑色種子，可是，還是有少數白色的種子，配上我紅紅的肉，我覺得挺美的。」

一旁的葡萄氣呼呼的插嘴，「木瓜妹妹，你千萬不要相信無子水果比較受歡迎這件事，這是村民的陰謀，他們吃水果怕麻煩，所以乾脆把我們都變成沒有種子。當我長大以後，他們發現我肚子裡有很多種子，就拋棄了我。不過，這樣也好，我反而得到解脫，可以到處遊山玩水。」

無子釋迦老氣橫秋的說：「小妹妹，你不要管別人怎麼說，有子無子，最重要的是快樂過日子，幹麼給自己找這麼多煩惱。」

對啊！小如心想，她本來是一個多麼快樂的木瓜，自從知道自己無子之後，她的生活完全變了調。況且，經過長時間的流浪，她覺得好累，好想回家，卻又不敢回家。

當她正哭得傷心，卻看到一顆其醜無比的醜芭樂經過她身邊，吹著口哨，跟另一顆水晶芭樂說：「我要去參加『水果之星』的比賽，祝福我吧！」

水晶芭樂笑彎了腰，「你渾身上下都是疤痕，難看死了，你還敢去參加選拔？」

「我飽經風霜，特別香甜，總比那些虛有其表的水果要棒得多。」醜芭樂倒是很樂觀。

小如似乎有些明白，於是，她趕在「水果之星」報名截止前報了名，她要證明自己不只是大家眼中的可愛木瓜，她還有其他的優點。

小如順利通過初選，決賽時才藝表演這一項，她決定邊唱邊跳舞，邊說出無子木瓜的故事。

當小如說到，「我多麼希望自己是有子木瓜，即使只有幾顆不成熟的白色種子也沒關係，像我現在這樣肚子空空的，只會受到嘲笑。這種空虛與空洞，有誰能夠體會呢？」臺下鴉雀無聲，只聽到抽抽噎噎的聲音，引起極大的共鳴，許多水果都流淚了。

「但是，」小如最後說：「經過幾天的流浪，我現在明白了，有子無子不是我能決定的，但我卻能決定自己要不要做一個快樂的木瓜。」

小如得到許多熱烈的掌聲，小鳳梨過來抱住她，「我誤會你了，我以為你是驕傲，沒想到你這麼不快樂。」

小如最後雖然沒有得到「水果之星」，她卻得到一個特別獎「最有內在美的水果」，同時，她勇敢說出內心的恐懼，她也變成一個快樂的無子木瓜。

木瓜小檔案

木瓜原產於美洲，所以稱為「番木瓜」。可作為木瓜牛奶、木瓜飴、蜜木瓜、涼拌木瓜，高雄的木瓜牛奶大王最出名，但是據說臺中市的中華路夜市才是木瓜牛奶的發源地。全盛期，臺灣各縣市都有木瓜牛奶大王。

木瓜樹有三種花，全雄花、全雌花及雌雄同花，全雌花及雌雄同花兩種木瓜樹可自然結果。全雄花的公木瓜樹，不會結果，沒有經濟價值。民間傳說用刮傷、釘釘子、刺穿、抹鹽巴等方式，可以讓公木瓜的雄花轉變成雌花，以便結果。但是效果不大。

木瓜除了富含水分，木瓜酵素的解毒能力更是出色，一天食用約二百公克的木瓜，就能慢慢代謝掉累積在肝臟裡的毒素，也能緩和皮膚的流膿症狀，以及久久不癒的異位性皮膚炎，因此木瓜有「超強解毒水果王」的稱號。另外，少女發育期、媽媽哺乳時，可以多喝青木瓜燉湯。

芒果的飢餓遊戲

接近芒果的採收期，陽光燦爛，園子裡隱約透出芒果的香味，每個芒果家族的成員，莫不摩拳擦掌，希望自己搶得頭彩，贏取最多的注目。尤其是頻頻獲獎的愛文芒果，更是興奮得睡不著覺，只等取下套袋，就可以展露嬌容。

沒想到，芒果園突然出現好幾隻獼猴，在芒果樹上跳躍飛騰，他們只是捉迷藏戲耍也就罷了，偏偏他們不斷對芒果們動口。而且，白天晚上都會出現，個個身手矯健，防不勝防。

又紅又甜的愛文芒果首當其衝，即使套了袋也無法阻擋獼猴的攻擊，被咬得傷痕累累。

跟愛文死對頭的海頓芒果冷冷的譏笑她，「古有明訓，紅顏薄命啊！長得漂亮就活不久。」

也不過眨眼工夫，海頓的背脊也被狠狠咬了一口，頓時汁液流出，痛得海頓哇哇大叫。

晚熟的金煌芒果悄悄的跟凱特芒果說：「我們還沒有成熟，應該可以逃過一劫吧！」

誰知道，還是一副青澀模樣的他們，也無法逃脫被獼猴啃咬的命運，好像獼猴跟芒果家族有什麼深仇大恨。

而且，更糟的是，芒果常常被咬一口就遭到丟棄，哀聲遍野，卻無計可施。平常愛現的芒果們，恨不得藏在枝葉茂盛之處，躲避獼猴的襲擊，但是，三不五十，還是會傳來芒果的哀號。

難道，這是水果王國的浩劫嗎？愛文芒果即刻拜託經常在果園裡穿梭往

來通風報信的烏鴉，打探消息。

未料，烏鴉傳回的消息竟然讓他們大吃一驚，「其他水果都完好無恙，只有芒果——只有你們芒果遭殃，大家說，一定是你們遭到咒詛，或是得罪了獼猴。」烏鴉喘著氣，說完立刻飛走，深怕芒果的厄運也會沾染到他。

連果農也發現這一場獼猴帶來的危機，夜裡、白天都派人到芒果園巡視，甚至用鞭炮嚇唬獼猴，可是，這群獼猴好像是敢死隊一般，嚇走了，又回來，果農疲於奔命，芒果們更是身心俱疲，眼睜睜的望著一個個受傷死去的芒果散落一地。這樣下去，不要等到收成，芒果家族大概全完了。

說也奇怪，芒果家族之中只有土芒果倖免於難，他們生長在芒果園偏僻的角落，因為經濟價值不高，果肉又薄，酸度也高，頂多做成芒果乾，根本乏人問津，所以，沒有人重視他們，更不要說是幫他

們施肥、澆灌、除蟲，果農都是讓他們自生自滅，好像被打入冷宮一般，久而久之，幾乎忘了他們的存在。

於是，大家開始猜測是土芒果勾結獮猴下的毒手。

愛文率先發言，「一定是他們嫉妒我們名滿四海，揚威國際，我們完全取代了他們。」

海頓酸溜溜的說：「我不知道你們是不是揚威國際啦！不過，我倒是聽到土芒果說，他們才是芒果的始祖，他們來到這兒已經有四百多年了。」

「四百多年有什麼稀奇，也不過就是先來後到，大家都是移民來的，就應該和平相處。」個頭最大的金煌芒果說。

向來成熟穩重的凱特芒果說：「好啦好啦！多說無益，只是耍嘴皮子，這樣好了，我們請金龜子、麻雀和螳螂，幫我們監視土芒果，看看他們有什麼動靜。」

連續監視土芒果好幾天，沒想到，愛文和海頓芒果依然連遭毒手。

於是，芒果家族各自派出代表開會，由愛文芒果主持，最終達成協議，就是各品種的芒果自行挑選最大最甜的芒果送給獼猴，希望獼猴們從此不再騷擾芒果。

可是，雖然達成協議，卻無法正式實施，因為，芒果們個個退避三舍，原先獲獎的全都推說自己身體有病，不適合代表芒果家族，深怕被挑中成為「飢餓遊戲」的犧牲品。

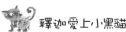

就在獼猴再度展開襲擊過後，又是哀鴻遍野，土芒果小土豆卻自告奮勇，挺身而出說：「如果大家不嫌棄，我願意犧牲自己。」

沒想到，卻被大家數落一頓，金煌芒果說：「你？也不照照鏡子，連塞獼猴牙縫都不夠。」

最後，他們只好派出公關高手聖心芒果跟獼猴談判，獼猴終於說出原因，「我們的媽媽生病了，醫生說她即將離開世界，她很想念小時候吃過的芒果，希望在死前可以吃一口，只要一口就好了。」

「你們知道是什麼品種的芒果嗎？」聖心芒果問。

「媽媽也說不清楚，時間太久，她不記得了，只知道是在這裡的芒果園吃到的，酸中帶甜，可是，我們啃過許多芒果，找遍芒果園都找不到。這幾天，媽媽的情況愈來愈嚴重，我們也很焦急……」

聖心芒果想，這簡單，只要找那種快要成熟的芒果，就會酸中帶甜，那應該就是晚熟的凱特跟金煌了。當他們送去這兩種芒果時，獼猴媽媽卻搖搖頭，虛弱的說：「不是。」

這下糟了，聖心芒果哭喪著臉回到芒果園，宣布了這項壞消息，大家都很擔心獼猴一氣之下，拿所有芒果出氣。

土芒果小土豆記得他曾經問過爸爸，「為什麼大家都不喜歡我們？」爸爸無奈的嘆口氣，「因為個頭太小、果核大、肉又少，而且我們也太酸，現在的人喜歡吃甜的。」

小土豆抬起頭，不解的問，「可是，我聽老師說過，土芒果酸中帶甜、甜中帶酸，很有芒果的香味。」

小土豆猜想，「難道獼猴媽媽喜歡的芒果滋味就是土芒果嗎？」

他擔心又遭到芒果們嘲笑，決定悄悄出發，翻山越嶺，跑到獼猴家，大聲喊著，「讓我進去，我要見獼猴媽媽。」

獼猴雖然覺得土芒果毫不起眼，可是，他們已經束手無策，只好點點頭，讓小土豆進到洞穴裡。

就在獼猴媽媽彌留之際，小土豆靠近她的身旁說：「你咬一口看看，是不是你想念的滋味？」

獼猴媽媽輕咬一口，淡黃的汁液沾在她的嘴角，她伸出舌頭舔了舔，眼淚溢出眼角，皺緊的眉頭舒展開來，竟然笑了，原來她不是得了什麼重病，只是想念家鄉。

飢餓遊戲終於解除了，獼猴不再侵犯芒果園，昔日瞧不起土芒果的芒果們，紛紛跟他們道歉。當小土豆裹著傷，探出頭來，四周竟然響起如雷的掌聲。

更誇張的是，愛文芒果公主因此愛上了小土豆，跟她爸爸建議，「他是芒果英雄，我們應該頒獎牌給他。」

聖心芒果代表芒果家族正準備頒獎給小土豆，小土豆拒絕了，「我不想要什麼獎牌，我只希望大家不要勾心鬥角，給我們快樂活下去的權利，不管是酸是甜、是大是小，我們都是芒果。」

掌聲再度響起，當初嘲笑土芒果的芒果們，紛紛羞慚的低下頭來。只聽到愛文芒果公主發出驚嘆，「哇！說得好感人啊！我要嫁給小土豆，證明我們沒有歧視土芒果。」

小土豆嚇得趕忙逃回深山裡的家，他覺得，還是做隱姓埋名的土芒果，他比較習慣。

芒果小檔案

芒果因為長得快、早產、高產，果實風味獨特、營養豐富，經濟效益高……等特點，使得芒果產量不斷增加。目前已成為世界第五大水果。

在臺灣，芒果又稱為「樣仔」，常見的有荷蘭人引進的綠皮果實小、纖維多的土芒果，比較酸。從美國引進的愛文、海頓、凱特等品種，果實大，味甜。以及臺灣自行改良的金煌、玉文等。外來品種雖然果粒肥大，果肉肥厚、纖維細，顏色鮮豔，甜度高，但是卻沒有土芒果香。

臺南玉井是愛文芒果之鄉，每到夏季，整個玉井鄉都充滿芒果的香味，盛產的六、七月，當地還舉辦芒果節活動。

用五分熟的土芒果製作酸酸甜甜的「情人果」，或是用愛文芒果做的芒果乾都很受歡迎。臺灣這幾年走紅的芒果冰，成為國人及觀光客的最愛，大都是以愛文芒果製作的。甚至有人擺小吃攤賣芒果冰變成千萬富翁。

星空下的西瓜夢

水果王國的水果，大都長在樹上，居高臨下，好不神氣。尤其是椰子樹，面對矮他一大截的水果，總是嗤之以鼻。

只有西瓜，雖然長在河邊的沙地上，幾乎是貼在地面生長，遇到下雨，還會塞滿一嘴的泥沙，可是，他不像草莓，為了無法長在高高的樹上，整日唉聲嘆氣。

樂天知命的西瓜，清楚認識自己的天性，需要充足的水分才能生存，但是因為他們的祖先來自非洲沙漠地帶，所以，根部比較纖細脆弱，一下子吸進太多水，根就會爛掉，所以要住在排水良好的沙地。

遇上天氣熱、雨水少的日子，其他水果們大嚷著口渴卻無計可施時，西

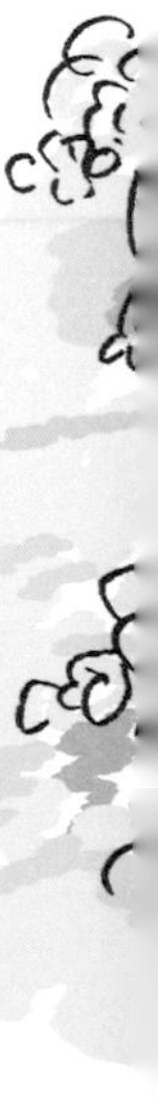

瓜則開心的到河裡戲水、玩水，來補充水分，所以，他們最喜歡游泳，而且他們的游泳技術特佳，居水果王國之冠。

只要哪一個西瓜又在碎碎念，說他們嚮往樹上的生活時，年高德劭的老西瓜藤就會提醒他們，「每種水果都有自己的特點，不要只是羨慕別人，卻忘了欣賞自己的優點，這樣你們才能快樂過日子。」

所以，西瓜家族的樂觀遠近馳名，享用過這些西瓜的人們，也會變得很快樂，因此，許多人稱讚水果王國的西瓜是「快樂西瓜」。

當然，他們也有害怕的東西，那就是「颱風過境」帶來的河水暴漲，來不及逃避的西瓜，體內就會漲滿水而裂開，最後無聲無息躺在河床上結束一生。

這時候，體型壯碩的大西瓜就會安慰他們，「颱風又不是天天有，那麼遙遠的事情，幹麼杞人憂天。我們要懂得及時行樂。」

小玉西瓜立刻用力點頭，「對對對，等到颱風來時，我們都已經長大了，才不怕呢！況且我們已經練好游泳，更有辦法逃過颱風的魔爪。」

跟他們青梅竹馬的無子西瓜勸他們，「既然如此，太陽已經下山了，我們趕快練習游泳吧！今天我要挑戰你們，看誰先游到河對岸。」

因為經常一起切磋泳技，他們各有獨門功夫，稱霸西瓜家族。

小玉西瓜個子嬌小靈活，擅長彈跳；無子西瓜渾圓有力，最拿手的是浮潛；大西瓜身材粗壯，翻滾起來的速度無瓜可比。

他們剛剛噗通跳下水，身後的方西瓜大聲叫著，「等等我，等等我，我也要跟你們比賽。」

小玉西瓜撇撇嘴，「你啊，算了，你的身價這麼高，要小心照顧自己，不能受一丁點傷，幹麼跟我們一起打混？」

「對啊！」無子西瓜也回應，「你們長得方方正正的，高瓜一等，你不需要學游泳，到時候一定有人來救你。」

大西瓜比較善良，替方西瓜說話，「讓他一起玩吧！快樂西瓜的胸襟要寬大。」

只可惜，方西瓜雖然是稀有族群，游泳對他卻是一大難事，笨手笨腳的怎麼游都游不快，只能在原地打轉。

小玉西瓜笑得肚子都痛了，「我看你不妨問問老黃狗怎麼游泳，也許你比較適合狗爬式。」

大西瓜好心安慰他，「不要難過啦！你平常已經得到那麼多掌聲，這一點挫折不算什麼。」

可是，方西瓜還是不服氣，希望自己至少學會一種泳式。於是，不管小玉西瓜他們是否歡迎，他每晚都緊緊跟著他們。

因為爸媽曾經警告他們，泡水太久，甜度會減低，還可能身體裂開，所以，即使河水舒服涼爽，他們也不敢在水裡待得太久。

他們游累了，最喜歡躺在沙地上，望著滿天的星星，一起做夢，一起許願。

「小星星的光芒這麼美麗，還可以照亮夜空，我們除了讓人們解渴，到底還可以做些什麼呢？」得獎無數的小玉西瓜問。

無子西瓜低聲喃喃，「雖然全世界都欣賞我們沒有種子，吃起來很方便，又節省時間，我卻覺得自己是異形，無法傳宗接代，我希望有一天可以長出種子來。」

大西瓜的果肉數量最多，他卻不以此滿足，「我希望可以像枕頭一樣，讓人靠著我睡覺。小玉，你呢？」

「我說了你們不要罵我，」小玉壓低音量，「我真的希望有一天可以飛上高高的樹，離星星更近一些。」

方西瓜渾身溼淋淋的爬上岸，氣喘吁吁說：「我也要說，我希望變成圓西瓜，我討厭跟你們不一樣。」因為方西瓜很珍貴，大都用來觀賞，可以存放五、六個月，算是相當長壽的西瓜，未料，他也有自己的夢。

明明知道，他們很可能平凡過一生，這樣的心願不會實現，他們還是不斷做夢。

不久後，遠方傳來颱風過境的消息，而且，據說這個颱風速度慢，吸飽了水分，十分扎實，很可能帶來巨大的雨量。這對西瓜家族來說，可不是好消息，但他們還不到成熟的時候，村民不想摘下他們，想跟老天賭一賭。

夜半時分，西瓜們都不敢到河裡游泳，靜靜躺在沙地上，提心吊膽的接受風雨的侵襲。未料，上游的河水急沖而下，河水快速暴漲，西瓜們無處可逃，一陣哀叫聲之後，紛紛被河水捲走，泳技差勁的，很快就沒了頂，葬身河底。

小玉西瓜他們幾個好瓜友，在河裡載浮載沉，也是岌岌可危，彼此呼喊著要緊靠在一起，可是，沒多久就被沖散了，漸漸遠離家鄉，遠離水果山。

沒完沒了的游泳，讓小玉西瓜累了、乏了，好想停下來，他使勁發揮彈跳功夫，未料，竟然卡在河邊的一棵樹上，他張開虛弱的眼睛，望向黑暗的天空，星星的光芒若隱若現，他微微一笑，閉上眼睛，他終於實現了他的願望。

無子西瓜雖然無法長出種子來，他卻從河裡飄向大海，打破了西瓜家族的紀錄，成為第一個游向大海的無子西瓜。

大西瓜的旅程終點是一個陌生的河床，遇到一位逃離家鄉的人，走了幾天的路，把他當作枕頭，安心的睡了一覺，大西瓜聽著他的鼾聲，心滿意足的跌入自己的夢鄉。

方西瓜的命運卻跟西瓜們不同，他一路跌跌撞撞，因為形狀方正，又有四個角，飄得不遠，撞得七暈八素之後，很快就卡在石頭裡，當水退了，他聽到經過身邊的人們說：「你們看，有一個奇怪的方西瓜。」

「方西瓜好像很貴喔！」有人回應。

「吃我啊！請你們吃掉我喔！我已經受傷嚴重，我活不久了。」方西瓜大叫著，他知道自己不可能變回圓西瓜，只希望自己的生命在別人需要的時候能像圓西瓜一樣發揮作用。

夜愈來愈深，也愈來愈黑，這時候，星星從雲層裡鑽出來，繼續在天空閃爍著，好像回應西瓜們的夢，即使微小，也可以閃亮。

西瓜小檔案

西瓜原產於非洲，所結出的果實是假果，外皮光滑，呈綠色或黃色有花紋，果瓤多汁，為紅色或黃色。

古埃及，西瓜經常被放在法老的陵墓裡，希望來世可以享用，可見得炎熱的埃及多麼喜歡汁多味甜的西瓜。

西瓜的產量十分豐富，差不多每一株藤就可以結出高達一百個果實。但西瓜種植時怕水，水澆太多容易導致甜度降低。同時，颱風季節下大雨，西瓜就可能被泡爛。所以，雨水少的時候西瓜特別甜。

品種高達數十種，概分為大西瓜（橢圓形或圓形）、小西瓜（如小玉西瓜）、無子西瓜等。西瓜產地遍及全省各地，四季都有，夏季的比較好吃，天熱可止渴；但西瓜性寒，所以睡前不宜吃。

西瓜可以利用的部分很多，西瓜皮可以醃製當小菜，西瓜白肉可涼拌，西瓜子更是大眾喜歡的零食，另外還可以製作西瓜酒、西瓜醋。

甘蔗高高上了天

水果王國有一大片甘蔗園，黑紅色的身軀，搭配上綠色的葉片，遠遠望去，好像一群雄赳赳氣昂昂的軍隊，加上他們的個頭高，身材苗條，是那些肥嘟嘟的水果們，如芒果、西瓜、鳳梨們十分羨慕的對象。

尤其是小立的皮膚紅到發黑，閃現出迷人的光澤，他跟其他少言少語近乎冷漠的甘蔗不同，他很親切，樂於跟其他水果、動物做朋友，所以大家都很喜歡他。

草莓羨慕小立的高高在上，每次遇到下雨過後滿地泥濘的日子，總會問他，「小立，快告訴我，上面的空氣是什麼味道？我被泥巴堵得快要不能呼吸了。」

番茄每天醒來，總會伸伸懶腰，嘆口氣說：「我的世界如此狹小，沒什麼新鮮事，唉！小立，你今天發現什麼新玩意？金龜子不是剛交了女朋友，有沒有結婚的打算？」

西瓜也不放過他，「小立，你不可以偏心，今天要先回答我的問題，麻雀騙了我的種子，他媽媽是不是處罰他三天不准吃東西？」

反正這些貼著地上或個子矮的果樹，最愛跟小立聊天，除了他的親切，他的腦筋也轉得特別快，即使是很難回答的問題，他也能別出心裁提出新的看法。

不過，遇上小立心情不佳，或是天氣太熱，熱得頭昏眼花時，小立也會無精打采說：「拜託你們放我一馬，去問別人好不好？」

低垂著頭的火龍果立刻說：「小立，你行行好，你又不是不知道李子樹高高在上，眼睛和鼻子也朝上長，椰子樹更誇張，說他不想理睬我們這些矮他一截的傢伙。」

既然大家都有問不完的問題，解決不了的困難，逼得小立每天都要擠出一些新鮮事報告。久而久之，他覺得自己就像水果王國的廣播電臺，在大家起床的時候，報導一天的奇人異事，振奮大家的心情。

可是，每當夜深時刻，小立卻陷入自己的困境中，他不曉得有誰可以幫助他？

因為現代人牙齒不好，咬不動堅硬的甘蔗皮，不像香蕉，剝了皮就可以吃；也不像西瓜，剖開都是汁液，可以解渴。像他這種紅甘蔗的甜分也比不上白甘蔗，地位一落千丈，只能在「劈甘蔗遊戲」中供大家消遣。

根據甘蔗的長老說法，這已經是很古老的娛樂，以前的人沒有電視，也沒有冷氣，夏天的夜晚，就到廣場上圍成一圈，把一根根的甘蔗豎起來，放手的剎那，用刀從頭劈下去，看看誰可以把甘蔗一刀劈到底，他就可以獲勝，免費把甘蔗帶回家。

因為能源缺乏，到處限電的緣故，人們又開始恢復這項遊戲，甚至決定年底舉行全國性的「劈甘蔗」大賽。更糟的是，現在跟過去不同了，比賽完，滿地都是支離破碎的甘蔗，沒有人想把甘蔗帶回去，純粹只是為了好玩、取樂。

到時候，所有的紅甘蔗都難逃被劈得體無完膚的命運。不但尊嚴掃地，更可能死傷遍野，被拋棄在荒野地結束一生。

慢慢長大的小立十分擔心自己會淪落到這一天，他好羨慕綽號「高貴蔗」的白甘蔗，可以用來製糖，成為水果王國的經濟來源，不致落得如此淒涼的下場。

小立的眼淚悄悄滑落，一滴又一滴。

睡在小立葉片上的金龜子被淚水滴到，身體一陣涼，驚醒過來，關心的問他，「小立，你感冒流鼻水嗎？」

小立嘆了一口氣，「我覺得自己好沒用，一陣風吹過來，就會讓我折斷腰，或是只能用來『劈甘蔗』遊戲，我好害怕自己沒機會長大。」

金龜子安慰他，「我覺得甘蔗很偉大，有人用倒吃甘蔗來彼此鼓勵，我們金龜子就沒有相關的成語，龜兔賽跑？只有一個龜字，好像跟我沒什麼關係。」

螳螂被吵醒了，也加入談話陣容，「我看到那邊有些甘蔗，長得好粗，身體有好多節，雖然彎腰駝背，看起來卻很強壯，你一定也可以變成那樣。」

小立知道，那是甘蔗的精神領袖們，他們年輕時也長得瘦瘦的，雖然每次遇到颱風被吹彎了腰，但是都努力挺過風暴，所以，只要看他們身軀有幾個彎角就知道他度過幾個颱風，小立爺爺就擁有最多的彎角，可是，又有誰會在乎甘蔗的彎角呢？

夜裡出巡的貓頭鷹也來給他打氣，「小立，你想太多了，你只要努力長高，有一天，你會知道自己的命運如何。快睡覺了，睡眠不足，身體不好喔！」

綽號「先知」的貓頭鷹向來會說預言，彷彿點醒了小立，只要他「長高」，就會有神奇的遭遇。

於是，小立不再唉聲嘆氣，而是努力讓自己長高，只要破了所有甘蔗的紀錄，長得像天一樣高，大家捨不得砍掉他，就會把他當成水果王國的標竿。

未料，水果王國卻遇上有史以來最大的颱風，風勢夾帶豪雨，各種水果都被風吹得東倒西歪、被雨打得到處是傷，小立更是晃得頭昏腦脹，大家都自顧不暇，無法保護他、遮蔽他，他抱著頭，隨著風搖擺，好幾次陣風吹過，他都以為自己要被吹斷了。

他想逃到天上去，可是，天還是那麼高，他伸長手臂也摸不著，他失望的、傷心的哭了，「我難道沒有機會長大了嗎？」

風聲很快的掩蓋他的哭聲，充滿泥沙的混濁河水不斷高漲，淹過河岸的西瓜田，眼看著很快會淹到草莓園、番茄園，水果們高喊「逃命啊！大家快逃命啊！」

個子嬌小的水果、動物，急著在水邊東竄西跳，天愈來愈暗，幾乎看不清方向。

小立被狂風吹得愈來愈彎，終於支持不住倒了下去，剛好躺在水勢湍急的山溝上面，變成一座橋，小老鼠、小草莓、小番茄、小西瓜……一個個從他身上飛也似的逃走，踩得小立的身體好痛。

他想站起來，卻根本站不起來，覺得自己好像即將四分五裂。他勉強睜開眼睛，發現好多水果藉著他逃到比較高的山坡，他的雙腳緊緊抓住地面，希望能夠支撐得久一點，讓更多水果可以逃脫水患、躲過狂風。

小立愈來愈累，輕輕閉上眼睛，好像漂浮在水上，身體雖然冷，卻覺得自己變得好輕，飄啊飄的飄進雲裡，竟然看到耀眼的陽光，雲層裡正有一群可愛的胖天使跳舞，金色的雞一邊下蛋一邊唱歌，還有一座閃閃發光的城堡，打開門迎接他。

他，竟然到了天上。

甘蔗 小檔案

甘蔗是溫帶和熱帶的農作物，是製造蔗糖的原料，還可以提煉乙醇作為能源替代品。全世界有一百多個國家出產甘蔗，最大的甘蔗生產國是巴西。

日據時期到臺灣光復初期，甘蔗是臺灣最重要的經濟作物之一。一年四季都適合甘蔗生長，但是夏天常有颱風，對甘蔗的生長有很大影響。最適合種甘蔗的地區為雲林縣虎尾鎮到屏東縣的平原，地形平坦，氣候良好。

臺灣常見的甘蔗有兩種：一是「中國竹蔗」，俗稱「紅甘蔗」，皮墨紅色，汁多清甜，路邊常見有人賣甘蔗汁，加入一點檸檬，甜而不膩。一是「秀貴甘蔗」，俗稱「白甘蔗」，外皮綠色，質地粗硬，不適合生吃；所以有人突發奇想用來作「涮涮鍋」湯頭，喝起來挺不錯的。

所謂「倒吃甘蔗，漸至佳境」，是指甘蔗愈接近根部甜度愈高，就會愈來愈甜。勉勵我們事情發展初期，會覺得困難、辛苦，之後，就會愈來愈好，否極泰來。

龍眼尋找主人

水果王國擁有數以千計的水果品種，每種水果到了收成季節，更是滿坑滿谷的結實累累，蔚為奇觀。

秋天正是屬於龍眼樹的季節，一粒粒圓滾滾的土黃果實，薰染著大地的色彩，高大的樹椏間垂下許多龍眼串，聲勢浩大，把附近也在成熟階段的葡萄串比了下去。

當龍眼們議論著葡萄一串有多少粒葡萄，龍眼一串有多少粒龍眼，小芝卻撐著頭、發著呆，思考另一個問題。

「小桂！」他呼喚著正在做日光浴的好朋友，問他，「我們為什麼有兩個名字？你喜歡叫龍眼，還是叫桂圓？」

「我喜歡桂圓。」小桂伸了伸懶腰，「我們是在桂花散發香氣的時候長大成熟的，聽起來就好香。」

「可是，我爸爸說，龍眼是正式的名字，龍的眼睛耶！很稀奇少見。那，龍又是什麼呢？」小芝又問。

「你真是個問題兒童，想那麼多做什麼？太陽快要下山了，趕快多翻幾個身，讓我們的膚色更均勻。」小桂聳聳肩，轉了一個圈。

龍到底是誰？桂圓跟龍眼又有什麼關係？小芝很好奇，四處尋找答案。

爸爸告訴他說：「龍本來沒有眼睛，因為飛行時經常把雲家族的房子撞得東倒西歪，害得雲家族三天兩頭要修房子，於是，天神摘下桂圓，鑲在龍的眼眶裡當作他的眼睛，所以有人把桂圓叫做龍眼。」

媽媽卻說：「我娘家的傳說不是這樣，因為龍的眼睛生病，瞎掉了，好心的桂圓把自己借給他當作眼睛。」聽起來好感人，這是溫馨版的故事。

愛美的姑姑推翻爸媽的說法，「龍的眼睛太小，像葡萄籽，跟他的龐大身軀相比，實在不成比例，所以他請求天神換一對像桂圓那麼大的眼睛給他。」

「哇！原來龍做過整形手術喔！」小芝大吃一驚，不明白大人口中那麼偉大的動物，為什麼還不滿意自己的長相？這個故事應該是假的。

果園裡最老的龍眼爺爺說：「因為古代的皇帝覺得我們這種水果的甜蜜滋味很特別，很喜歡吃，並且鼓勵宮中多多種植，所以人們叫我們『龍眼』，也就是龍的眼睛。後來，因為龍眼果樹遍布全國各地，百姓也可以享用龍眼，有一說是『吃龍眼』對皇帝太不尊敬，所以改名叫做『桂圓』。」

聽起來有點道理，但是，「桂圓怎麼來的呢？」小芝的問題，把老爺爺也問倒了。

鄰居阿婆神祕兮兮的跟他說：「這是我們龍眼的祕辛，桂圓和龍眼是兩兄弟，爸爸喜歡桂圓，媽媽疼愛龍眼，父母的偏心，導致他們常常吵架，兩兄弟為了制止爸媽吵架，商量過後，桂圓把龍眼吃掉，兩人融為一體，爸媽只好一起愛，再也不吵架了。所以，龍眼是桂圓，桂圓也是龍眼。」

好血腥喔！怎麼把自己的兄弟吃掉了？這不可能是龍眼家族的真實歷史。

況且，綜合大家的說法，小芝仍然不曉得，龍到底是誰？有誰親眼看過龍呢？他只好哀求小桂，「小桂，你是我唯一的好朋友，拜託你，在我有生之日，我一定要找到答案，我不想帶著遺憾離開。」

於是，他們鑽進水果王國的圖書館，比任何時候都用功，想要在古書中找到蛛絲馬跡。日以繼夜的查詢，就在他們幾乎要放棄的當兒，小桂發現倉庫門口有一堆準備丟棄、焚燒的舊書，其中一本的封面畫著一條蒙著眼睛的龍。

他們倆躲在角落裡，興奮的翻看龍之書，殘破的書頁裡，依稀可見幾行簡單的描述，龍是長相奇特的大怪物，會飛的蛇，身上長著魚的鱗，頭上有鹿角，擁有像老鷹的大爪子，圓滾滾的大眼睛會發出綠光，綠光射到誰，誰就會變成一陣煙消失不見。

因為龍的眼睛太可怕了，一位獵人勇敢的把龍的眼睛挖下來，種在樹底下，龍找不到眼睛，只能躲在洞穴裡，過著暗無天日的生活。

這棵埋著龍眼睛的樹長大以後，結出許多果實，因為龍眼藏在果殼和果肉裡，龍家族雖然不斷派出偵探，卻怎麼也找不到，於是龍眼樹愈長愈多，變成水果王國美味可口的水果。

小芝讀到這裡，忍不住溼了眼眶，他想，如果古書上的描述確有其事，可能只是某一條龍或少數的龍會發出殺人的綠光，結果，大家以偏概全，怪到所有龍的頭上，害得他們都失去眼睛。

「你會不會覺得，龍好可憐，我們一起去找龍，把眼睛還給他，然後請求龍，以後不要用眼睛殺人。」小芝提議。

小桂問他，「萬一根本沒有龍這種動物呢？我們要到哪兒去找。」

小芝指著龍之書的封底說：「你看，這裡有一張地圖，龍的洞穴就在水果山隔壁的另一座山。如果有你一起壯膽，我就敢去冒險。」

小桂思索了一會兒說：「你說的沒錯，平庸過一生，不如勇敢的去冒險，萬一沒有龍，至少我們也找到答案了。」

龍眼成堆成串的掛在樹上，少了小芝和小桂，也沒人特別注意到，於是，他們很順利的翻山越嶺，找到跟龍之書圖片類似的洞穴。

謎底即將揭曉，他倆的心噗通噗通跳著，萬一洞裡住著好多條龍，會不會一氣之下把他們吃掉了？小芝不顧一切朝著洞穴大聲問，「裡面有龍嗎？這是不是龍的家？」

「是誰啊？你送食物給我吃嗎？」洞穴裡果然住著龍，而且是最後一隻龍，好像生病了，不停哀哀叫。

小桂也大起膽來問，「真的只有一條龍嗎？其他的龍呢？」

龍說，因為大家沒有眼睛，無法尋找食物，紛紛餓死了。

「為什麼沒有人幫助你們？你們天生沒有眼睛嗎？」小芝聽爸媽說，沒有眼睛的人也可以活得很好。

龍嘆了一口氣，「反正我已經沒有眼睛了，不怕告訴你這個祕密。因為我們的眼睛又大又亮，有人傳說我們的眼睛很滋補，吃了以後，可以上知天文、下知地理，所以想盡辦法獵取或編故事騙走我們的眼睛。許多虛榮的龍貪圖美麗，用眼睛換取身上的黃金鱗片，甚至彼此自相殘殺，搶奪別的龍的眼睛。失去眼睛的龍，病死的病死、摔死的摔死、淹死的淹死，所剩無幾。我看，我也快不行了。」

是龍太笨？還是龍沒有遇到友善的朋友？只能怪龍族不珍惜自己所擁有的，用眼睛去換那虛浮的美麗，即使別人看得到他們外表的炫麗閃亮，可是，龍卻看不見這個世界了。

小芝想，把自己送給龍也沒有用，因為他只是水果，不是真正的龍的眼睛。

小桂有感而發，「幸好我聽到了龍的故事，我以後不要那麼愛美了。」

小芝和小桂結束探險，踏著疲憊的步伐回家，終於明白，原來他們跟龍的眼睛沒有一點關係。

龍眼小檔案

龍眼又稱「桂圓」、「亞荔枝」，壽命最長可達四百多年。漢朝時，大家就常把龍眼、荔枝混為一談，主要是這兩種果樹的樹形和樹葉非常相似。一般而言，荔枝成熟比龍眼早，而且果實比龍眼大，因此，龍眼有亞荔枝、荔枝奴的別名。因為白肉內隱約可見內裡的紅黑色果核，很像眼珠，所以稱為「龍眼」。

龍眼可生吃，含殼烘烤成果乾稱為「龍眼乾」，是藥用的最佳選擇；還可與銀耳等熬成甜湯，十分滋潤。

關於龍眼的傳說故事很多，一則是說名叫「桂圓」的年輕人為民除害，殺死惡龍，最後傷重去世。村民將他和龍的眼合葬，隔年就長成兩棵大樹，結的果實很像龍眼，又稱為「桂圓」。

另一則傳說是當年楊貴妃生病了，什麼都吃不下，有人向唐玄宗推薦龍眼，果然，楊貴妃吃了之後，病體大癒。於是，唐玄宗幫龍眼取了「桂圓」之名，意思是「貴體復原」。

不愛拋頭露面的紅蘋果

雖然全世界的蘋果有七千多種，可是，不斷有新的品種問世，又甜又香又大又多彩的蘋果就成為人們追逐的對象。

但是，不管怎麼改變，戀舊的人，還是喜歡紅通通的蘋果，因為，紅蘋果充滿各種想像，也有許多流傳久遠的故事。

小苹就是在這種期許下慢慢長大，當她的綠皮膚開始透露一點紅，爸媽高興得不得了，滿樹的弟兄姊妹則露出羨慕的眼神，嘴裡說「恭喜啊！小苹！」心裡卻想，「第一個發紅的為什麼不是我？」巴不得小苹的紅只是暫時的。

只有跟小苹沒有競爭關係的青蘋果小青，把她當作好朋友看待，好心提醒她，「你要小心別被蟲咬了，皮膚醜了，你的身價就會下跌了。」

小苹苦笑一下，「謝謝你，我反正不喜歡拋頭露面，引起大家注意。」於是，她把自己藏在一層又一層的樹葉後面，不管她是紅是黃，是甜是酸，只希望任何人都不要干擾她的生活。

小青發現小苹總是躲躲藏藏，臉上少了笑容，關心的問她，「你怎麼了？生病了嗎？你這樣不晒太陽，你的皮膚怎麼會好看呢？」

「我不要做紅蘋果。」小苹搖搖頭。

「為什麼？這不是你全家的夢想嗎？」

「我聽奶奶說過，當初亞當和夏娃住在伊甸園裡，十分幸福快樂，都是因為我們蘋果長得又漂亮、又紅潤，誘惑了夏娃，害得夏娃違背上帝，偷吃了蘋果，還叫亞當一起吃，最後他們一起被趕出伊甸園，好可憐喔！」

小青安慰她說：「唉呀！紅色的水果那麼多，有草莓、櫻桃、番茄，都可能誘惑夏娃，夏娃吃的不一定是紅蘋果，說不定是金蘋果，才會閃閃發光。」

「金蘋果也不好，害得三位希臘女神吵架，結果引起一場大戰。反正我不要做紅蘋果，也不想變成金蘋果。像你一樣做青蘋果，比較快樂。」

「算了，青蘋果有青蘋果的煩惱，大家總是嫌我們不成熟，不喜歡我們的酸，更何況現在是蜜蘋果的天下，我們只能在樹上自生自滅。但是，我不會為這種事情煩惱，媽媽說過，如果老想著過去，怎麼會快樂？而且，腦子裡塞滿過去，怎麼裝得下未來？」

什麼過去、未來的，小苹才不在乎，她就是不喜歡自己的紅。

青蘋果很生氣小苹這樣不珍惜自己，歪著腦袋又想到說：「現在全世界最流行的電腦、手機，都跟蘋果有關係喔！大家都好喜歡蘋果，只有你例外，自卑加上自暴自棄，你沒有藥救了。」

儘管小苹討厭自己的紅，她皮膚的紅色卻愈來愈明顯，而且透出一種奇異的光彩，她想躲都躲不了。

這時候，水果王國開始傳播著鄰國的閃電王子要向蘋果公主求婚的消息，蘋果公主的條件是，要找到一顆比她紅潤的雙頰更美的蘋果。

小苹的紅是如此的奇特，即使她把自己隱藏得很好，但是還是有人注意到她的存在，不斷慫恿她爸媽，派小苹參加「美蘋果選拔賽」。

小青也說：「你很有機會獲選，為爸媽爭光彩，這樣挺棒的。」

小苹說什麼也不肯答應，「小青，你應該聽過白雪公主的故事吧！我們過去曾經害死過白雪公主，這種咒詛一定會繼續下去，我很可能會害死蘋果公主，那不是要掀起兩國的戰爭嗎？」

小青嘆了口氣，「你想得太遠了，那是多古老的故事，幾百幾千年之前發生的……而且，那也不是紅蘋果的錯，怪白雪公主自己太笨，好人壞人都分不清楚。」

「可是，瑞士的英雄威廉泰爾，也為了紅蘋果差點射死自己的兒子。」很愛看故事書的小苹繼續舉出過去發生過的事情。

小青真是拿她沒辦法，「你幹麼把所有的罪過都攬在自己身上，我覺得那不是紅蘋果，是青蘋果，否則威廉泰爾會受不了誘惑，拿起來一口咬下去……」

小苹非常生氣，「我不理你了，你到底是不是我的朋友？為什麼要逼我做我不喜歡的事情。」

幸好小苹的姊姊小圓覺得能夠代表家族參加「美蘋果」比賽是一項光榮，因為，自從蜜蘋果問世後，其他蘋果只有在空檔期遞補的分，若能重獲重視，紅蘋果家族們又可以抬頭挺胸。

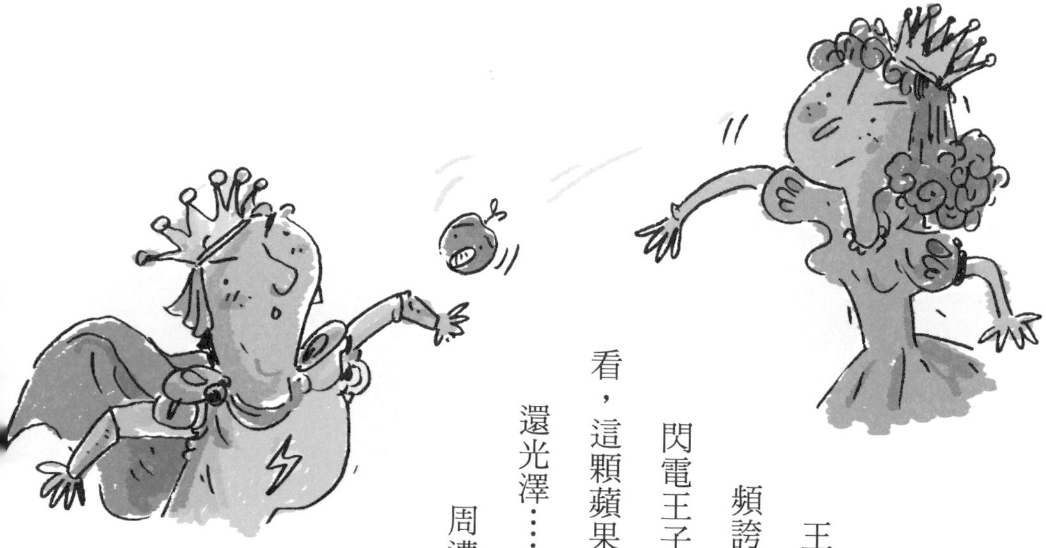

果然，有良好遺傳的小圓順利獲選，讓閃電王子帶著她去跟蘋果公主求婚。每個人見了都頻頻誇讚小圓，「好漂亮的蘋果啊！多紅多美。」

閃電王子也小心翼翼的捧著蘋果，對蘋果公主說：「你看，這顆蘋果多麼漂亮，她比你的雙頰還紅潤，比你的皮膚還光澤……」

周遭的人也都附和著說：「對啊！對啊！好漂亮喔！」

萬萬沒想到，蘋果公主竟然大發雷霆，把小圓蘋果扔向王子，氣呼呼的說：「既然你認為蘋果比我漂亮，你乾脆跟這個蘋果結婚好了。」

小圓蘋果摔得鼻青臉腫，渾身是傷的縮在角落裡哭泣，她原以為的皇宮生活頓時成為泡影。

這時候，有個小男孩跟著媽媽來到鎮上，想要參加閃電王子和蘋果公主的婚禮，卻迷路了，身上的錢也用完了，又渴又餓，身體虛累不堪。

他們正巧經過蘋果園，放眼望去，卻看不到一顆蘋果，因為大家都到皇宮看熱鬧，小男孩失望的哭了。

小苹悄悄探出頭來，想要知道是誰在哭泣。

小男孩突然看到她，對她微笑，跟媽媽說：「蘋果，有一個好紅的蘋果，她一定很甜很好吃。」

媽媽撥開葉子，摘下小苹，遞給小男孩，他靠近鼻子，用力吸一口氣，「好香喔！蘋果怎麼這麼香。媽媽，我不想吃掉她，我要把她放在我懷裡，一直聞著她的香味。媽媽，我們好幸福對不對？」

小苹輕輕靠著小男孩的胸膛，聽著他的心跳，似乎有些明白，不是每顆美麗的蘋果都會引人犯罪，或是讓人吵架，她也可以帶給別人快樂。

雖然從此離開家園，踏上陌生的旅程，可是小苹卻一點都不害怕。

蘋果小檔案

蘋果是世界四大水果之冠，營養價值高，所以有人說，一天一個蘋果，醫生都會失業。

蘋果原產於歐洲、中亞及中國地區。同時，哈薩克的阿拉木圖與新疆阿力麻里有蘋果城的美譽。

日本人把蘋果的漢字書寫為「林檎」，口語發音為「lin-go」，可見得「林檎」早在唐朝時由中國大陸傳入日本。

臺灣雖有原生蘋果，散生於海拔二千公尺左右，但果粒很小，不堪食用，而臺灣的西洋蘋果傳入最早約在西元一九二九年，之後在臺灣中部高冷地，例如：武陵農場及清境農場大批種植。由於外國蘋果開放進口，產量已經減少許多。

蘋果曾經在希臘神話中出現，伊甸園中也被當作所謂的「禁果」，男性喉嚨的喉結稱為「Adam's apple」（亞當的蘋果），也和此有關，其實，《聖經》並未明說禁果就是蘋果。

渴望得第一的葡萄

小紫每天早起的第一件事，就是數算自己擁有幾顆小綠珠，擔心半夜他睡著了被偷走，因為他早早發誓要成為葡萄藤上最豐碩的一串葡萄。

爸爸是將近四十歲的老樹，可是老當益壯，每年的葡萄又大又甜又多汁。開花時，媽媽就告訴眾兄弟姊妹，他們要經歷許多關卡，下雨過多，會使他們授粉不足，就會發育不全而掉落果實；若是乾旱缺水，則可能讓他們乾枯、萎縮。所以，該喝水時要喝水，但又不能喝得太多。

一旦結子以後，就是小紫他們各自的事情了，爸媽無法保護他們，他們要懂得自力更生、自求多福。

小紫伸長脖子想看看其他兄弟姊妹的動靜，他們是默默大吃，或是勤練呼吸，還是專心吃露水？小紫好著急，擔心大家超越他的生長。於是，他只好呼喚路過的蝴蝶，「蝴蝶姊姊，果園裡最美麗的蝴蝶姊姊，我想拜託你幫個忙……」

「什麼事？什麼事。我要忙著採蜜哪！夏天快要過去了。」蝴蝶丟下這句話就飛走了。

小紫只好拜託葉片上的金龜子，「金龜子哥哥，水果王國最帥氣的金龜子哥哥，我想拜託你幫我算算誰的小綠珠最多？」

金龜子想了想，提出他的條件，「沒問題，我可以幫你忙，但是你要送我一粒小綠珠。」

小紫為了達到目的，只好勉強同意交換，他想，反正自己的小綠珠很多，送一顆給金龜子，應該影響不大。

左盼右盼，金龜子帶來了好消息，「小紫，你目前遙遙領先，是你家擁有最多小綠珠的一串葡萄。」

小紫聽了樂不可支，真想告訴媽媽這個消息。轉念一想，媽媽應該早就知道，擔心他會驕傲，故意不告訴他。

高興不了多久，突然傳來壞消息，颱風要來了，怎麼辦？大家慌成一團。爸媽顧不了那麼多孩子，只好叮囑他們想盡辦法找掩蔽，把小綠珠藏在枝葉下面，不要被颱風伯伯發現了。

小紫用盡全身力氣，把身體裹得緊緊的，不讓任何一粒小綠珠被吹掉。颱風過後，小紫幸運逃過一劫，但是其他家的葡萄災情慘重，很多都遍體鱗傷，甚至失去了不少小綠珠。

才幾天工夫，又傳來壞消息，因為全球溫室效應，氣溫超高，把小紫他們晒得頭暈眼花。媽媽勉強把家裡珍藏的露水分給他們，卻根本無法解渴。爸爸也好辛苦，不斷把根部伸到地底下，尋找水源。

小紫比較喜歡夜晚時刻，太陽下山了，涼風吹起來好舒服，可是，他卻聽到媽媽啜泣的聲音，因為弟弟乾枯了，姊姊陣亡了。

應該感到傷心的小紫，竟然心中竊喜，這下冠軍寶座更是非他莫屬了。為了爭第一，他無心去管別的葡萄死活，他愈發冷酷。

未料，蝴蝶竟悄悄產卵、孵化，變成小毛蟲，躲在小紫附近的葉片下，他嚇得大叫，擔心毛蟲吃掉葉子，他沒有了遮蔽，小綠珠會遭殃，很可能會死掉。他拚命搖晃身體，想趕毛蟲走，嘴裡叫嚷著，「去吃別的葡萄，去吃別的葡萄。」

左右鄰舍非常生氣小紫這麼自私，可是，他們害怕毛蟲也會侵犯他們，大家聯手放臭屁，終於把毛蟲趕走了。

一波波的煎熬與挑戰，小紫漸漸長大了。這時候，許久不見的金龜子又來報告好消息。

小紫急忙問，「快說快說，誰的小綠珠最多？」

金龜子眼見機不可失，又提出條件，「你要再送我一顆小綠珠，我才告訴你。」

小紫為了得到答案，只好點頭，「快說，快說，到底是誰？」

金龜子笑得很詭異，「當然是你啦！不過，緊追在後的有好幾位喔！」

金龜子走了以後，媽媽突然現身，跟小紫說：「你不需要跟哥哥姊姊比，你要相信自己是最美的。不要像海裡的美人魚，把美麗的尾巴換成無法走動的腳，最後連生命也賠上了。還有美麗的孔雀，拔下自己的羽毛換成金幣，卻變成光禿禿的醜孔雀。」

小紫皺起眉頭說：「聽不懂，媽媽，你說的我聽不懂，好深奧喔，我又沒有尾巴，也沒有羽毛。」他依舊沉醉在自己是第一名的迷思中。

葡萄接近採收期時，主人邀請媒體來參觀葡萄園，小紫抬頭挺胸，希望大家發現已經變成大綠珠的他，多麼美麗，數量也多。

這些人果真停下腳步，小紫的心臟噗通噗通跳著，好緊張喔。結果，他卻聽到他們讚美姊姊，「這串葡萄好多子粒，每一粒都好飽滿，怎麼長得這麼好，真是稀奇。」

小紫氣得胸口都痛了，姊姊算什麼，哪裡比得上他？他的子粒更多，是全樹之冠。

他大聲嗆聲，喊到喉嚨都啞了，卻沒有人聽到他的抗議聲。其他葡萄則在一旁看好戲，紛紛說：「誰要小紫平常這麼自私，活該！」

小紫哭得好傷心，「我有這麼多綠珠有什麼用？大家都嘲笑我。」

爸爸這時候說話了，「小紫，無論我們有多少子粒，更重要的是我們的品性，你即使得了第一，卻失去風度，也不能算是最佳葡萄。」

媽媽嘆了口氣，「從你開始答應金龜子的要求，送他綠珠作為報償開始，你就輸了，因為任何葡萄串不能受傷，不能有缺口，即使你的子粒多，你還是輸了。」

小紫從啜泣變成嚎啕大哭，生氣、跺腳，整棵葡萄藤都在震動、晃盪，哥哥姊姊大聲呼喊，「不要晃了，我們的葡萄都要掉落了。」

小紫繼續搖晃說：「活該，掉光活該，我得不到第一名，也不讓別人得第一名。媽媽你偏心，你喜歡姊姊，所以沒有阻止我送綠珠給金龜子。」

「你們都是我的孩子，我每個都愛，我只是不希望你為了爭第一而失去自己，我希望你自己學到功課。否則我即使說破嘴，你又怎麼會相信？」

小紫低頭不語，恨不得一頭撞死，他養大了金龜子，卻失去了自己的美麗。

媽媽常常跟他說，每到冬天就要修剪葡萄枝，這樣葡萄才會長得好長得多，他始終不明白，那樣多痛啊！現在似乎有些了解，成長是需要付出代價的。

意興闌珊的小紫，每天都垂頭喪氣，不想說話，也不再聒噪，變得無比沉默。

誰知道金龜子又來找他，說出讓小紫震驚的話，「我是來跟你道歉的，因為我心裡很不安。我為了騙取你的小綠珠，謊稱你的葡萄最多，是第一，事實上，有好幾串葡萄都比你多。」

「我不要聽，你走開。」原來自始至終都是一場虛幻的夢，他從來就沒有資格拿第一，空歡喜一場。若不是他想得第一想瘋了，也不會被金龜子利用。

媽媽見小紫那麼沮喪，安慰他，「你不要太難過，等到秋天收成，還有一段時間，你可以繼續努力。」

「媽媽對不起，我如果早聽你的話，也不會這麼狼狽。」

從此以後，小紫努力用功，不賴床、也不偷懶，認真練功、運動，希望為自己爭取最後的機會。

練得太久，小紫覺得好累，不知不覺睡著了。

當金龜子喚醒他，他揮手要他走開，「討厭，你怎麼又來了。」

「你看你看，你的身體發出紫色的光芒，亮得我眼睛都睜不開了。」

原來，小紫千等萬等的這一天終於到來，他已經從青綠的生澀模樣，變成紫紅的寶石葡萄。

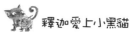

葡萄小檔案

葡萄是全世界栽培面積最大、產量最多的水果。世界四大水果第二名，平均壽命大約六十歲。最主要用途是釀造葡萄酒，除了當鮮果，還可以做果醬、果汁、果醋、葡萄乾，葡萄籽更具有高營養價值。食用葡萄、葡萄酒和葡萄乾都採用不同品種製作。

葡萄又稱「提子」，可以生吃，色美、氣香，味可口。葡萄在全世界水果類生產量之中幾乎占四分之一，以法國、義大利產量最多。臺灣以苗栗縣、臺中縣和彰化縣栽培面積最廣。

臺灣的巨峰葡萄非常有名，果粒大，堅實而且耐貯藏，呈長橢圓形的外觀，所以被稱為「巨峰葡萄」，產量占臺灣九成以上市場。巨峰葡萄原產日本，臺灣自日本引進後，非常適應臺灣潮溼的天候及中部地區的土壤，所以，產地主要在大村、東勢、卓蘭、新社、信義等地。

來自星星的楊桃

水果王國的果樹高高低低，比較接近天空的高高族，例如甘蔗、蓮霧、枇杷，總愛嘲笑草莓、番茄、西瓜這些接近地面的「低低族」水果，唯有楊桃小稜跟他們不一樣，即使她屬於「高高族」，她卻依然自卑不已。

當她慢慢長大以後，爸媽希望增加她的見識，訓練她的社交能力，送她到水果學校進修。因為擔心水患，許多水果都往高處生長，高高族的幾個班級已經果滿為患，沒有老師願意接納小稜，她只好加入低低族，跟香瓜、草莓做同學。

老師很開心的鼓掌歡迎小稜加入，請她自我介紹。

小稜結結巴巴的說：「我不知道我要怎麼介紹自己？西瓜是圓的、甘蔗是長的、香蕉是彎的，鳳梨雖然長滿怪怪的小瘤，也是橢圓的。只有我，好像一稜一稜的山，擠在一堆，卻又不是真正的山，所以媽媽叫我小稜。」

低低族的同學平時飽受高高族欺負，本來就看高高族不順眼，這下逮到機會，把所有的冤氣都出在小稜身上，下課時，圍在她身邊，你一言我一語紛紛嘲笑她。

無子西瓜用力推她，笑說：「你不像小山，你像滾輪，你滾啊！你滾啊！」

哈密瓜笑得很誇張的說：「你是鬼手，要來抓我們，好可怕喔！你趕快走，我們不歡迎你。」

草莓個兒小，只敢小聲說：「小稜應該是別的星球來的，趁水果兵不注意，偷偷潛入水果王國，我們要不要報警。」

小稜一邊啜泣，一邊極力為自己爭辯，「我是楊桃，媽媽說我的香味很特別，爸爸說我的營養很豐富……，我不是壞蛋，你們不要罵我。」

可是，沒有用，小稜哭得愈大聲，同學們笑得更狂妄，幾乎要把教室震垮了。

小稜哭哭啼啼的回家，跟媽媽說：「我不要上學了。」

媽媽把她擁入懷裡，哄著她說：「來，媽媽剛剛做好的露水膏，你吃了以後皮膚會變漂亮，更有光澤。」

可是，沒有用，小稜繼續哭泣，把書包掛在更高的枝頭，說：「我寧願被蟲咬爛、被颱風吹走，我再也不要上學了。」

爸爸走過來安慰小稜，「來，你上課一天也累了，我們一起去晒月亮。」

這是小稜自幼跟爸爸最愛的活動，每晚睡覺前，爸爸都會帶她來到楊桃樹的最高處，坐在樹梢上，沐浴在月光裡，說故事給她聽。

小稜靠著爸爸的肩膀，爸爸跟她說：「你已經長大了，我就把家族的祕密告訴你吧！我們的確從很遠的地方來，本來名字叫做『洋桃』，時間久了，才改名叫『楊桃』。」

「我知道我知道，就像洋香瓜、洋蔥、洋芋、洋傘……是從外國來的。」小稜興奮的回應。

「祖父的祖父曾經說過，當我們從開始結果時，就要做五十件好事，做滿之後，就可以回到原來的星球。」爸爸指著天空的星星說：「你看，就是我們頭上的那顆星。」

「有沒有楊桃成功回去過？」小稜問。

「有啊！祖父的祖父，還有祖父的哥哥姊姊……好多楊桃都回到屬於我們的星球。」

「這樣喔！那我也要回到我們的星球，我不要住在這裡，大家都欺負我。」

懷抱著希望，小稜勉強答應繼續上學，同時，任何同學提出要求，她即使百般不願意，還是盡量滿足同學的願望。

頭一個就是玉女番茄，她說：「我很想去河裡游泳，你如果願意做我的滾輪水車，我就可以踩著你在河裡向前進。」

大家都勸玉女番茄，「這樣太危險了，你如果淹死了，玉女番茄的冠軍頭銜就要讓給別的水果了。」

小稜卻點頭答應了，玉女番茄立刻興奮的騎上她的背脊，一起跳入河裡，隨著河流上下滾動著，玉女番茄玩得不亦樂乎，當她溼答答的上岸之後，開心的謝謝小稜，「你實現了我一生最大的願望，以後你就是我的好朋友，誰敢欺負你，我一定保護你。」

番茄這麼嬌小，怎麼保護她？不過，她還是開心說「謝謝」，自己少了

一個對頭。

哈密瓜這時擠了過來，「我喜歡溜滑梯，尤其是山上那個斜坡，可是，我的身體太光滑，根本停不下來，你的身體有稜角，可以幫助我煞住過快的速度，你可以讓我抱著你滑山坡嗎？」

小稜抬頭打量巨大的哈密瓜，想到她當初譏笑她是鬼手，就想狠狠的拒絕。可是，她已經完成九件好事了，幫助他實現願望，就可以累積到十件好事，也就勉強答應。

沒想到，體重超重的哈密瓜因為害怕，緊緊的抱住小稜，害她差點窒息不說，山坡的小石頭，也讓小稜到處是傷，媽媽見了心疼的落淚，怨怪爸爸提出的餿主意。可是，沒想到哈密瓜滑到平地後，激動得摟著小稜，在她頭上用力親吻說：「你從此就是我的死黨，任何時候我都可以代替你死。」小稜覺得一切犧牲都有了代價。

當小稜不斷累積她的「好果好事」，她的果緣也愈來愈好，甚至成為低低族的開心果、模範生，讓死氣沉沉、自暴自棄的低低族變得有自信，走路也會抬頭挺胸了。

當低低族們聚在一起商量，要送什麼禮物給即將結婚的大西瓜老師，卻怎麼也想不出來，小稜打了一個哈欠，伸了懶腰說：「我好睏，要去睡覺了，說不定我會夢到好辦法。」

當她起身後，草莓不由驚呼，「小稜，你看地上。」

原來，就在小稜坐過的地面，出現一個星星的圖騰，大家異口同聲說：「你是星星果，你就是消失已久的星星果。」

水果王國一直傳說著，有一種水果長得很像天上的星星，因為各種災難發生，他們就消失不見了。只要星星果出現，就表示水果王國即將大復興。

小稜不敢告訴他們，楊桃來自其他星球的祕密，只是說：「我不曉得你們在說什麼傳說，可是我想到送給大西瓜老師的結婚禮物了。」

因為這是小稜即將完成的第五十件「好果好事」，她決定保守祕密，給大家一個驚喜。

大西瓜和方西瓜結婚那天，小稜爸爸特地送來小稜精心製作的「星星項鍊」，也就是小稜把自己的身體切下好幾片薄片，晒乾了，穿成項鍊。當大西瓜戴上星星項鍊，大家都說：「哇！你是水果王國最美的新娘。」

可是，大家卻怎麼也等不到小稜的出席，這時的小稜，因為傷痕累累，正在接受媽媽的療治，媽媽不停掉眼淚，小稜卻安慰媽媽說：「你不要傷心，我很快就可以回到我們的星球，我的傷口就會消失不見的。」

媽媽怎麼敢告訴小稜，「好果好事」只是爸爸編出來的故事，他們根本不是從星星來的。

就在這時，大西瓜、方西瓜，還有其他參加喜宴的水果家族們，全都聚到楊桃樹下，呼喚著小稜，「小稜，謝謝你，你要趕快好起來。」

「我讓你玩丟草莓比賽。」

「我讓你騎西瓜馬車……」

水果們七嘴八舌想要激勵小稜。

小稜流下感動的淚水，跟媽媽說：「我可不可以不要回我們的星球去，我的朋友都在這裡，我也要住在這裡……。」

媽媽邊點頭邊飆淚說：「媽媽相信你會好起來的。」

楊桃 小檔案

楊桃經過大洋而來，又稱「洋桃」。原產於印度、印尼和斯里蘭卡一帶。英文名字為「星星果」（star fruit），因為橫著切楊桃就像一顆顆天上的星星。

楊桃是水分很多的水果，果汁清涼可口，解渴消暑，可以潤喉，有人看準這個商機，大量製作楊桃汁而發財呢！

楊桃除了生吃外，也可製造罐頭、果汁、果醬或蜜餞，吃四果冰時加入酸酸甜甜的楊桃蜜餞，十分可口，尤其楊桃釀酒更是味美而香醇。

甜楊桃生吃，酸楊桃可用來煮鮮魚湯，使湯味道更鮮美。楊桃料理有：漬楊桃燉雞、楊桃脆鱔、楊桃牛柳、楊桃拌蒟蒻等，而楊桃拌蒟蒻很適合長期說話的政治人物、講師等食用。

臺灣全年均可生產，但秋、冬季為楊桃品質最佳季節。產區多集中在中、南部平地，面積以臺南縣最多，苗栗縣次之，第三為彰化縣。

土芭樂的眼淚

水果雖然需要養分和水分，但是遇到連續不斷的豪雨天，對水果們卻是大大不利，很容易腐爛。

土芭樂仔仔是個愛哭鬼，長得醜、個子小，從小沒有爸爸可以罩他，受到一點委屈就掉眼淚，即使風大了一些，路過的蜻蜓打了一個噴嚏，他也要哭好久，真擔心他會害得芭樂園氾濫成災。

大家實在受不了了，三五成群擠到族長家，請芭樂爺爺主持公道，此起彼落的抗議聲，幾乎都和仔仔愛哭有關。

「仔仔上廁所都不洗手，還故意用手摸我的臉。」小珍珠芭樂嘟著嘴說：「我媽媽說我很珍貴，不能受傷。」

「仔仔很喜歡放屁，而且每個屁都好臭，我討厭跟他當同學。」泰國芭樂說。

向來樂天的月芭樂建議，「仔仔一直哭一直哭，眼淚都流到我們家了，族長爺爺可不可以把他送到缺水的另一座山去？」

牛奶芭樂的媽媽說：「族長，如果你再不好好管教仔仔，我們所有芭樂家的小孩都不願意上學了。」

大家要罷課？這還得了。芭樂爺爺明白自己不能再縱容仔仔了，只好拄著枴杖，搖搖晃晃來到仔仔家，因為仔仔家門口沒有路燈，差點絆倒了。

仔仔媽媽連忙出來迎接，「不好意思，我家先生出遠門以後，沒人賺錢，連電費也繳不起了……。」

族長見仔仔他們幾個兄弟姊妹，個個營養不良，臉色蒼白，想要指責仔仔的話也說不出口了，「你有什麼需要可以告訴我。」

「我只希望仔仔爸爸可以早點回家。」仔仔媽媽說。

族長嘆了口氣，「老實說，我也不曉得他去了哪兒？他只是半夜到我家露個臉，拜託我照顧你們，一去好幾個月都沒消息，怕是凶多吉少了，你要有心理準備。」

「你亂說，我爸爸沒有死掉，你不可以咒詛他。」仔仔又開始嚎啕大哭，哭得遠處的水晶芭樂家大聲抗議，「閉嘴閉嘴，討厭的死仔仔！」

族長走了以後，仔仔又問媽媽千篇一律的問題，「我為什麼沒有爸爸？爸爸是不是不要我們了？我好可憐啊！」

媽媽只能嘆口氣，「我比你更希望爸爸回來啊！」

仔仔好生氣，「爸爸真自私，自己跑出去玩，都不管我死活，害我被欺負，我討厭爸爸。」

躺在床上，仔仔又開始後悔責怪爸爸，說不定爸爸是被族長爺爺派到國

外執行特殊任務，準備竊取其他國家的芭樂祕密，所以不能洩漏行蹤。這樣想著，心裡得到不少安慰，漸漸進入夢鄉。

仔仔特地起了大早，振作精神，準備出門上學。他跟媽媽說：「我不要哭了，不管爸爸在不在，我都不哭了。」

媽媽幫他穿戴整齊，摸摸他削瘦的臉頰說：「這樣才乖，免得好不容易吃下肚子的營養都被你哭掉了。」

仔仔走沒多遠，卻被後面追上來的帝王芭樂用力推進泥堆裡，嚇得他亂叫亂跳，眼淚幾乎又要飆出來了，對著經過身邊的水晶芭樂喊著，「請拉我一把！我站不起來了。」

水晶芭樂穿著一身漂亮的新衣服，連忙跳離開他，「不要靠近我，臭死了的死芭樂。」

「我不是死芭樂，我活得好好的。」仔仔抗議。

「算了，長得這副德性，跟死掉差不了多遠了。現在有誰還會喜歡你們土芭樂？看看你家住的房子，跟我們怎麼比？我們有柔軟的甘蔗渣鋪成的地毯，你只能睡在爛泥巴裡。你遲早會變得跟那些死芭樂一樣！」水晶芭樂指著遠處棄置腐爛的土芭樂，其中好幾個曾經是仔仔的玩伴。

仔仔忍不住又開始啜泣，突然耳邊出現溫柔的聲音說：「你要自己學習站起來，不要輕易被打倒。」原來是跟他長得很像的紅心芭樂，「我本來成績也是殿後，可是我拚命讀書，終於趕上了。沒有任何芭樂可以打敗你，只有你自己才會打敗自己。」

仔仔抹掉臉上的淚水，努力站起來，紅心芭樂遞給他一塊手帕，「擦擦你的臉，都是泥巴耶！」

身邊多了一個鼓勵他的同伴，仔仔增加不少勇氣，再次提醒自己，不能哭不要哭不可以哭。

說起來簡單，做起來不簡單，每天總會有其他芭樂找碴，想要激怒仔仔，仔仔想出一個激勵自己的辦法，只要他一百天內不掉眼淚，爸爸就會出現。

雖然仔仔跟媽媽說，他不想爸爸了，他要努力往前看，其實，心底還是常常幻想爸爸回來了，甚至做夢夢到爸爸，醒來後，搞不清楚到底哪個情景是真的？

有一天，果園裡大聲廣播，「仔仔外找，仔仔外找。」

會有誰找仔仔？算算日子，仔仔剛好滿一百天沒有哭，老天爺聽到他的許願了，是爸爸回來了！仔仔興奮得大叫，衝出家門，一直跑一直跑，果然在山頂的邊坡上站著一個土芭樂。

雖然很像爸爸，卻不是爸爸，仔仔有些失望，問他，「你……你是誰？」會是綁匪嗎？不可能，像他這種土芭樂任誰都不屑一顧。

「仔仔，你忘了，我是你爸爸的弟弟，你剛出生時我還抱過你，你長得那麼小那麼小，怎麼？還是這麼瘦？偏食嗎？」叔叔摸摸仔仔的頭，仔仔覺得好溫暖，很有爸爸的感覺，憋了很久的眼淚忍不住又流了下來。

「我爸爸呢？」他望望叔叔的身後，看不到其他土芭樂。

「你爸爸為了找出土芭樂不斷消失的原因，所以不能回來看你們。」

「他是不是——死了？」

「我也不清楚他目前的行蹤。我只能簡單告訴你，土芭樂因為生命力強，不斷被當作其他芭樂嫁接繁殖之用，一個個被犧牲掉了。你爸爸託我帶口信給你們，叫你們一定要勇敢堅強活下去，不可以被消滅掉。」

「你說什麼？叔叔，我不懂，嫁接為什麼會犧牲掉土芭樂？」

「我不能再說了，如果被發現了，我的下場也會很淒慘。叔叔走了，再見。」

望著叔叔遠去的身影，融入夕陽的金紅之中，畫面雖然美麗，仔仔卻好傷心，回家後吞吞吐吐說了半天，媽媽才聽懂他的意思，把他緊緊抱在懷裡安慰他，「怪不得附近不少的土芭樂半夜三更消失了，我還以為他們不喜歡這裡，所以偷偷搬家了，原來是……。仔仔，爸爸說的沒有錯，有些芭樂是靠著土芭樂嫁接成功，才長得這麼好。只要我們長得比其他芭樂更甜更脆更大顆，就不會被消滅。我們一起加油好不好？」

仔仔知道爸爸果真是一位勇敢的情報員之後，每當別人嘲笑他時，他就大聲嗆回去，「我的爸爸為了你們犧牲他自己了。」

「少來，土芭樂會有什麼本事？只會堆在路邊一堆堆爛掉，當肥料，也不會有人多看一眼。」身價最高的珍珠芭樂諷刺他。

「不相信你問泰國芭樂？他們長這麼好，就是我爸爸幫的忙。」

「呸呸呸！我叫做泰國芭樂，我是從泰國來的，跟你爸爸有什麼關係？」泰國芭樂連忙撇清關係。

怪不得叔叔說：「即使你把真相告訴別的芭樂，也沒有人會相信你的話。」

仔仔卻依然不服氣，覺得爸爸及其他土芭樂的犧牲太不值得了，繼續說：「反正所有的芭樂都會不斷被改良，後芭樂推前芭樂，泰國芭樂不流行了，變成珍珠芭樂的天下。過不久，水晶芭樂流行了，珍珠芭樂就會被打入冷宮……」

當仔仔這麼說，珍珠芭樂更生氣，「你給我閉嘴，要不然我叫帝王芭樂來把你打成稀爛。」

仔仔正要更大聲的抗議，彩虹芭樂拉了拉他，「仔仔，紅心芭樂找你。」

仔仔這才乖乖走開，跟著彩虹芭樂去見紅心芭樂，紅心芭樂語重心長的說：「仔仔，我們土芭樂一定要團結，少掉一個都不行。你剛剛說的那些話以後不要再說了，你爸爸、我爸爸，還有彩虹芭樂的爸爸，為什麼犧牲的原因，要把它當作永遠不能說出口的祕密。只要我們有種子，就有希望，誰也無法取代我們。」

彩虹芭樂也在一旁點點頭，「仔仔，你要珍惜自己的眼淚，流淚無法解決問題，只會讓你模糊了視線，看不清楚真相。我們一起加油。」

他們緊握著仔仔的手，一起朝著晨曦裡的學校走去。

芭樂小檔案

芭樂外型很像石榴，原產於中南美洲，所以稱為「番石榴」，在臺灣，大家習慣叫他「芭樂」。芭樂樹命很長，可以存活三、四十年。

果肉比較甜的可直接生食，不用削皮。比較酸的，則加工做成芭樂汁、蜜餞和酒，葉片還可做成健康養生茶「菝仔茶」。芭樂的營養價值高，含有豐富的蛋白質、維生素A、C等，是非常好的保健食品。

經過改良後，臺灣目前品種繁多，包括珍珠芭樂、牛奶芭樂、水晶芭樂等。土芭樂雖然個子小，口味欠佳，但是韌性強，某些品種會藉由土芭樂嫁接，提高存活率與結果率。目前以高雄燕巢鄉的珍珠芭樂產量最大。

在臺灣，芭樂一詞被稱指為「不實的消息」，因此，未能兌現的支票，則被稱為「芭樂票」。

柑橘的畢業派對

既然稱為「水果王國」，總該有個王吧！

他們的王是公平競爭來的，不需要登廣告，也不需要政見發表，他們只要盡好水果本分，在每個生產季節量多又美，自然可以登上該年的「水果王」寶座。

每到秋冬，就是柑橘類水果的天下，沿路不同品種的柑橘們，或大或小，紛紛結出金黃色的果實，在陽光下閃閃發光，因此贏得「黃金之路」的美名。

尤其是接近過年時分，村民為了討個吉利，每戶人家都會在家裡擺上一大盤橘子，或是挑選整座山裡最大的桔子，表示大「桔」大利。

阿米子是個體型中等的橘子，眼見生活太無聊，每天就是日光浴、月光美容覺的，三餐都沒有變化，即使長大成熟，畢業出山，也無法放在村民家裡的明顯位置，難免心懷不平，鼓動大家推選「橘子王」。

他的理由是，「水果王的名號實在太籠統，完全模糊掉橘子的地位，這個時節，有誰可以跟我們比？我們橘子王是唯一的吉利王。」

跟阿米子自幼一起長大的金桔小可勸他，「我們都快要畢業了，各有各的前途，不要找麻煩了。」

阿米子搖搖頭，「以我的創意與發想，只要我登高一呼，一定有橘子響應我的活動，你也一起參加，這樣你才能出頭天。」

「不要不要！」金桔小可慌忙揮手，「我是桔微言輕，根本發生不了作用，我還是管好自己分內的事，反正我也選不上。」

可是，阿米子卻興致勃勃的到處遊說，竟然說服許多柑橘家族，包括：

茂谷柑、桶柑、柳橙、椪柑、海梨柑、金桔、臍橙，在畢業派對時，同時舉辦活動，票選「橘子王」，參與票選的橘子必須通過幾項考驗，驗明正身關——證明自己是真正的橘子，十八般武藝關——表現橘子的多項用途，感人落淚關——演出最感人的橘子秀。

畢業派對這天終於到了，陽光普照整座山頭，每位橘子選手莫不精心裝扮，期望贏得好評。

票選活動正式開始，為了證明自己是真正的橘子，柳橙說：「我的皮膚光滑、身材姣好勻稱，有誰比得上我。」

椪柑則神氣活現的走到舞臺上說：「瞧瞧我多麼壯碩，走到哪裡，我都能為橘子國爭光榮。」

茂谷柑也不甘示弱，「聽聽看我的名字多特別，我的甜度夠，外型特

別，而且常常代表出國，我是水果王國之光。」

阿米子氣定神閒的走上臺，「若說驗明正身，有誰比得上我的品質純正，我是道地的橘子，如假包換的橘子，沒有跟其他品種通婚的橘子。」

臺下的掌聲熱烈響起，阿米子篤定的認為自己在這一關拿到高分。

輪到大家展現獨門功夫時，金桔代表終於說話了，「每到過年，大家把我們整棵樹抱回家，不是只有一粒喔！我們還可以做成金桔醬、金桔乾……」

長得奇形怪狀的佛手柑也爭先恐後說：「我們的果實晒乾了加入冰糖泡熱水喝，可以退火。如果牙齒痛，塞在牙縫可以止痛，你們有誰比我更厲害。」

阿米子聽到這些柑橘家族的論調，冷哼一聲說：「這樣也叫做獨門功夫？」他驕傲得抬起頭，環視大家說：「我的果肉可以一瓣瓣剝下，不像有些柑桔，還要用刀子切開。我的果肉含有豐富的維他命C，橘皮做成陳皮可以抗蟲，我們還能抗癌防癌、止咳化痰、降壓降脂……」

阿米子越說越起勁，簡直是欲罷不能，大家擔心他說到天黑也說不完，只好用掌聲請他結束演說。

終於輪到壓軸好戲——橘子秀，所有的柑橘們都摩拳擦掌，希望可以追回失分，不讓橘子搶得「吉利王」稱號。

桶柑雖然外貌不出色，卻別出心裁的把兄弟姊妹裝在大木桶裡，從山巔一路滾下來，剛好滾到舞臺中間，木桶瞬間打開來，桶柑們一擁而出，齊聲大喊，「這就是桶柑名稱的由來。」

眾家柑橘笑成一團，覺得桶柑們實在可愛。

金桔小可也說：「阿米子啊！我覺得這樣的畢業派對挺好玩的，得不得

名還在其次呢！」

阿米子卻說：「我是志在參加，也在得名，我要讓大家知道，我們橘子不是省油的燈。」

橘子家族決定演出烤橘秀，特地請來一位村民扮成感冒發燒的模樣，阿米子則躺在爐火架上，讓自己的橘皮被火慢慢烤出橘香，然後他說出一段感性的話，「我的祖母告訴我，當村民在寒冷的冬天生病時，就會烤橘子吃，剝開熱熱的橘皮，滿室生香，一片片橘子送進嘴裡，溫暖了人們的心……」

阿米子忍不住流下眼淚，他以為臺下也會感動得熱淚盈眶，沒想到，大家卻噓聲連連，「過時了，老套。」

更慘的在後面，因為阿米子太入戲，被火烤得遍體鱗傷，狼狽得衝下臺治療燙傷。但是他想，大家總要給他一些同情分吧！況且，他前兩項的分數極高，應該可以挽回頹勢。

萬萬沒想到，之前表現平平的臍橙，別出心裁的穿上金光閃閃的服裝，又在肚臍上穿了許多鈴鐺，在臺上跳起熱舞，臺下也熱情回應，跟著一起扭腰擺臀，全場駭翻了。

最後，就由長相光鮮亮麗、經常出國、表演辛辣的臍橙奪得「橘子王」頭銜，眾家柑橘簇擁而去慶功了。

阿米子獨自落寞的坐在舞臺角落哭泣，他設計、籌畫許久的畢業派對，竟然是幫臍橙作嫁，讓臍橙如此風光，自己卻狼狽不堪，什麼也沒有得到。

大家逐一散去，只有金桔小可悄悄靠過來安慰他，「不管別人有沒有給你掌聲，你還是可以快樂做自己，你是我心目中永遠的橘子。」

阿米子吸吸鼻子，擦掉眼角的淚水，望著身軀只有他十分之一的小可，渾身散發一種奇特的光芒，而自己卻因為忙著票選，日照不夠、營養也缺乏，皮膚起了皺摺，他終於明白，不需要爭什麼排名，認真做好自己才重要。

橘子小檔案

橘子富含維生素C與檸檬酸，有美容及消除疲勞的功效。橘子內側薄皮含有膳食纖維、果膠，可促進排便、降低膽固醇，甚至可以預防動脈硬化。

柑橘是世界四大水果第三名。主要種類有橘、柑、甜橙、酸橙、柚、葡萄柚、檸檬、佛手柑和金橘等。柑橘類水果是世界上產量最大的水果，目前的年產量已經超過了一億噸。巴西是世界上產柑橘最多的國家。

中國是柑橘的重要原產地之一，柑橘資源豐富，優良品種繁多，有四千多年的栽培歷史。早在夏朝，柑桔已列為進貢之物。

柑、橘、橙是柑橘類水果中的三個不同品種，由於它們外形相似，容易混淆。柑橘，是橘、柑、橙、金柑，柚、枳等的總稱，柑和橘的名稱長期以來都很混亂。

橘子是基本種，花小、果皮好剝；柑是橘與甜橙等其他柑橘的雜種，花大，果皮不如橘子好剝。

國家圖書館出版品預行編目資料

釋迦愛上小黑貓／溫小平文；蔡嘉驊圖．--初版．--臺北市：幼獅，2015.09
面； 公分. --（故事館；037）

ISBN 978-986-449-011-0（平裝）

859.6 104013872

・故事館037・

釋迦愛上小黑貓

作　　者＝溫小平
繪　　圖＝蔡嘉驊
出 版 者＝幼獅文化事業股份有限公司
發 行 人＝李鍾桂
總 經 理＝王華金
總 編 輯＝劉淑華
副總編輯＝林碧琪
主　　編＝林泊瑜
編　　輯＝周雅娣
美術編輯＝李祥銘
總 公 司＝10045臺北市重慶南路1段66-1號3樓
電　　話＝(02)2311-2832
傳　　真＝(02)2311-5368
郵政劃撥＝00033368

門市
・松江展示中心：10422臺北市松江路219號
電話：(02)2502-5858轉734 傳真：(02)2503-6601

印　　刷＝欣佑彩色製版印刷股份有限公司
定　　價＝250元
港　　幣＝83元
初　　版＝2015.09
書　　號＝984201

幼獅樂讀網
http://www.youth.com.tw
e-mail:customer@youth.com.tw

行政院新聞局核准登記證局版臺業字第0143號

幼獅文化公司／讀者服務卡／

感謝您購買幼獅公司出版的好書！
為提升服務品質與出版更優質的圖書，敬請撥冗填寫後（免貼郵票）擲寄本公司，或傳真（傳真電話02-23115368），我們將參考您的意見、分享您的觀點，出版更多的好書。並不定期提供您相關書訊、活動、特惠專案等。謝謝！

基本資料

姓名：……………………先生／□小姐

婚姻狀況：□已婚 □未婚　職業：□學生 □公教 □上班族 □家管 □其他

出生：民國……………年……………月……………日

電話：（公）……………（宅）……………（手機）……………

e-mail：……………………

聯絡地址：……………………

1.您所購買的書名：**釋迦愛上小黑貓**

2.您通常以何種方式購書？（可複選）：□1.書店買書 □2.網路購書 □3.傳真訂購 □4.郵局劃撥 □5.幼獅門市 □6.團體訂購 □7.其他

3.您是否曾買過幼獅其他出版品：□是，□1.圖書 □2.幼獅文藝 □3.幼獅少年 □否

4.您從何處得知本書訊息：（可複選）□1.師長介紹 □2.朋友介紹 □3.幼獅少年雜誌 □4.幼獅文藝雜誌 □5.報章雜誌書評介紹……………報 □6.DM傳單、海報 □7.書店 □8.廣播(　　　　) □9.電子報、edm □10.其他……………

5.您喜歡本書的原因：□1.作者 □2.書名 □3.內容 □4.封面設計 □5.其他

6.您不喜歡本書的原因：□1.作者 □2.書名 □3.內容 □4.封面設計 □5.其他

7.您希望得知的出版訊息：□1.青少年讀物 □2.兒童讀物 □3.親子叢書 □4.教師充電系列 □5.其他

8.您覺得本書的價格：□1.偏高 □2.合理 □3.偏低

9.讀完本書後您覺得：□1.很有收穫 □2.有收穫 □3.收穫不多 □4.沒收穫

10.敬請推薦親友，共同加入我們的閱讀計畫，我們將適時寄送相關書訊，以豐富書香與心靈的空間：

(1)姓名……………e-mail……………電話……………

(2)姓名……………e-mail……………電話……………

(3)姓名……………e-mail……………電話……………

11.您對本書或本公司的建議：

廣 告 回 信
臺北郵局登記證
臺北廣字第942號

請直接投郵　免貼郵票

10045　臺北市重慶南路一段66-1號3樓

幼獅文化事業股份有限公司 收

請沿虛線對折寄回

客服專線：02-23112832分機208　　傳真：02-23115368
e-mail：customer@youth.com.tw
幼獅樂讀網http：//www.youth.com.tw